未プレイの乙女ゲームに
転生した平凡令嬢は聖なる
刺繍の糸を刺す
Ordinary Daughter Who Got Reincarnated in the World of Unplayed Otome Game Embroiders with Sacred Thread.
2
西根羽南
ill.小田すずか

グラナート・ヘルツ
エルナ・ノイマン

テオドール・ノイマン
アデリナ・ミーゼス
ヴィルヘルムス・ブルート
リリー・キール

contents

Ordinary Daughter Who Got Reincarnated
in the World of Unplayed Otome Game
Embroiders with Sacred Thread.

未プレイの乙女ゲームに転生した平凡令嬢は聖なる刺繍の糸を刺す

Ordinary Daughter Who Got Reincarnated in the World of Unplayed Otome Game Embroiders with Sacred Thread.

2

西根羽南

ill.小田すずか

✦プロローグ✦

「ハンカチを買うから――俺と結婚しよう」

「……は？」

黒髪の美少年の微笑みに、エルナ・ノイマン子爵令嬢は思わず声を漏《も》らす。

何をどう考えても空耳なのだが、無視するには目の前の少年は美しすぎた。

少しクセのある黒髪は日に焼けた肌に映えて、藍晶石《カイヤナイト》の瞳は高貴ささえ感じさせる。こんな田舎ではあまり見かけない整った容姿だが、その割にエルナの感動は薄い。

今まで神の寵愛《ちょうあい》を一身に受けたと言っても過言ではない美少年を見続けたせいか、美しさに対してある程度免疫《めんえき》がついたのだろう。ありがたいような、嬉《うれ》しくないような。

とにかく一度思考を整理しようと、エルナは深呼吸をする。

ここはノイマン子爵領、今はお祭りの真っ最中であり、エルナは自作の刺繡《ししゅう》ハンカチを露店《ろてん》で売っていた。身分を明かしておらず地味な服装に加えて十人並の容姿なので、誰がどう見ても平民でしかない。

そこでヴィルと名乗る少年にかけられた言葉が、「結婚しよう」。

……うん、やはりおかしい。

何を言っているのか、さっぱり意味がわからない。

これで領主の娘を嫁に貰《もら》って利益が云々《うんぬん》というのなら、実際の利益がほぼゼロであることを除けば理解できなくもないのだが……正直、現在のエルナの姿を見て貴族令嬢だと判断する人間はいないだろう。エルナの顔を知る人ならば、その両親であるノイマン子爵夫妻に声をかけた方が早いし、謎が深まるばかりである。

大体、台詞《せりふ》がおかしい。

ハンカチを買ってもらうために結婚しないといけないのなら、エルナは今日だけで二十回ほど結婚を繰り返していることになる。戸籍《こせき》を乱舞《らんぶ》させてまでハンカチを売りたいとは思わないし、客の方だって気軽な買い物で地味な嫁がついてきたら衝撃《しょうげき》だろう。

そこでエルナは、とある可能性に気が付いた。

「ああ！　いわゆるお祭りジョークというやつですね？」

一部の地域ではお祭りの期間に冗談《じょうだん》を言う習慣があると聞いたことがある。きっとヴィルは買い物をするたびに、こうして冗談を言っているのだろう。

理由がわかってスッキリしたが、美少年に求婚されては真に受ける人もいるだろうし、揉《も》めそうなのでほどほどにしていただきたい。

すると謎が解けて清々しい表情のエルナとは対照的に、ヴィルは不思議そうに首を傾げた。

「いや、俺は本気だけれど……じゃあ、これなら信じてくれるかな？」

ヴィルはそう言うなりひざまずくと、エルナの手を取ってじっと見つめる。あまりにも絵になるその様子に「王子様みたいだな」という何の捻りもない感想が生まれた。

「俺と、結婚してくれない？」

「……誰が結婚ですか」

美しい声に更に美しい声が重なり、エルナの肩がびくりと震《ふる》える。

普通ならば感謝と共にありがたく拝聴《はいちょう》したい声だがしかし、エルナはこの響《ひび》きを知っていた。

錆《さ》びついたネジのようにぎこちない動きで視線を向ければ、そこには陽光を紡いだが如《ごと》き金の髪の美少年が立っている。

「……殿下？」

記憶の中と寸分違《たが》わないどころか余裕で上回る整った顔立ちのこの少年は、グラナート・ヘルツ第二王子。

だが常は宝石を凌駕《りょうが》するきらめきの柘榴石《ガーネット》の瞳が、今は少し鋭い光を放っている。

その視線の先にいるのが自分だと気付いたエルナの脳が、高速で事態を把握《はあく》した。

グラナートはエルナに好意を伝えてくれたが、返答は保留中。そんな中、エルナは黒髪美少年にひざまずいてプロポーズされている。

色々言いたいことはあるけれど――これは世に言う、修羅場《しゅらば》なのでは!?

美貌《びぼう》に慣れたなんて完全に気のせいだった。エルナの慣れを遥かに凌ぐその美しさが、今は針のように肌を刺す。別に何も悪いことなどしていないのに、あの瞳に見つめられたら謝罪してしまいそうだ。

美人、恐るべし。

慌ててヴィルの手を振り解くと、エルナはそっとため息をつく。そもそも領地へは静養にやって来たのに……何故こんなことになったのだろう。

エルナは領地に到着した数日前に思考を巻き戻して、現実逃避《げんじつとうひ》を試みた。

✦第一話✦ まさかの続編と虹の聖女

グラナートの衝撃の告白からしばらくして夏休みに入ったエルナは、久しぶりにノイマン子爵領の邸に帰っていた。

到着したのは昨日のことだが、道中の馬車でも夢うつつ。更に疲労のせいで寝台に直行している。ようやくゆっくりと領地の景色を眺めることができると思いながら、窓を開けて眩しい陽光を浴びた。

「いいお天気ですね」

視界に入るのは緑の庭、緑の森、そして遠くに望む緑の山。これでもかというほどに緑が生い茂っており、その分だけ空気が美味しい。

エルナは澄んだ空気で幸せ。緑の木々も二酸化炭素排出要員が戻って幸せ。何とも平和な世界だ。

慌ただしかったこの数ヶ月とはまるで別世界のようである。

自分が乙女ゲーム『虹色パラダイス』の世界に転生したと気付いたのは、学園の入学式のこと。

それからずっと、虹色の髪の美少女リリーがヒロイン、金髪の美少年グラナート王子が攻略対象なのだと思って関わらないように努めた。

だが結局のところ『虹色パラダイス』のヒロインはエルナの母で、物語はとっくに終わっていたと知る。

そして同時にグラナートに告白されたのだが、色々なことが一気に起きて頭が限界。

聖なる魔力を使って疲労したことも相まって、体も限界。

結局「考えさせてください」と言って王宮からノイマン邸に帰ってすぐに、熱を出して寝込んでしまった。

そこでぐっすりと眠れたら、回復できたかもしれない。だが自室のベッドに横たわるエルナの脳内を覆《おお》い尽くしたのは、日本の夢だった。


「聞いて！『虹パラ』の続編が出るんだって！」

「あの血まみれヒロインのゲーム？」

「そう。今度は学園生活だけじゃなく国を巻き込む事件が起きて、選択肢が国の命運を決めるんだって。結構シリアスな展開もあるのかな」

「大きく出たね」

「前作であまり登場しなかった魔法も今回はしっかり取り入れられるっていうから、魔法であらゆるものをドカンと蹴散《けち》らしたいね！」

「……乙女ゲームだよね？」

「そうよ！　でも、まだ攻略対象が公開されてないの。イケメンヘタレ王子並みの格好良いのを期待しちゃうわ」

「またヒロインは物騒《ぶっそう》な感じなの？」

「それもまだわからないけど。同じキャラじゃつまらないし、今度は王道ヒロインかもね。国を救うなんて、まさに王道でしょう？」

「王道は血まみれじゃないと思うよ」

「ただ怯えてヒーローに縋《すが》るだけの人間が、ヒロインを名乗る資格なんてない」

「何そのこだわり。……そういえば、結局サンマーメンは食べた？」

「それが売り切れだったのよ。今日こそ食べるんだから！」

「意外と人気なのね。サンマが乗っているの？」

「塩焼きが丸ごと乗っているらしいの。……本当かな？」


またしても半端な情報。しかも後半はゲームの話ですらない。今回はパッケージイラストすら見たこともなく、続編が出るというざっくりとした情報だけ。

いっそ知りたくなかった、とエルナは落胆した。

何もわからなければ楽しく穏やかに過ごせるのに、どうしてエルナの脳は難易度高めの不親切情報だけを与えてくるのだろう。モヤモヤとした気持ちを吐き出すべく、爽やかなお天気に似合わぬ深いため息をつく。

「王都では寝込んでいたので思考を保留しましたが……なかったことにできない以上は、考えるしかありませんよね……」

窓辺の椅子に腰かけ、緑の山々の上に浮かぶ白い雲を見ながら思考に耽《ふけ》る。

『虹色パラダイス』は、ヒロインの髪の毛が虹色という明後日な方向に斬新《ざんしん》な設定が受けた乙女ゲームだったはず。当然、続編でもヒロインの髪の毛は虹色と考えるのが自然だろう。そうでなければ、何が虹色のパラダイスなのかわからない。

もちろん可能性で言えば他にいくらでもある。

例えば眉毛だけ虹色でも筋は通るが、虹眉ヒロインと紡がれる恋物語には濃厚なコメディの気配しかしない。乙女ゲームの概念《がいねん》が破壊され始めるので、どうにか髪の毛で踏みとどまっていただきたいものである。

そして虹色の髪の毛に容姿端麗《ようしたんれい》、魔力ばっちりと言えば思い当たるのはリリーだ。

平民なので成り上がり要素も持ち合わせているし、あの溢《あふ》れるヒロインオーラは続編のヒロインだったからと言われれば納得しかない。他に虹色の髪の人物を見たことはないし、もしもまた時間軸が違うのならエルナは無関係でいられるのだからそれはそれで問題ない。

今は念の為に対策を練っておくだけだ。

だがしかし……この場合、攻略対象は誰になるのだろう。

メイン攻略対象となれば、顔がいいことは絶対にして最低の条件。それは間違いないのだろうが、国を巻き込むというからには王族は外せない気がする。

顔が良くて王族でリリーと関わるとなると、やはりグラナートだろうか。

「……いえいえ、待ってくださいよ」

一発で正解にたどり着いたかのように思えたが、よく考えると何だかおかしい。

グラナートは既にエルナに告白しているし、リリーがグラナートに恋愛感情を持っていないのは確認済み。更にエルナとリリーは友人同士だ。

ここでグラナートがメイン攻略対象になった場合、熱烈告白してその気にさせた女性を手のひら返しで捨てるメイン攻略対象と、友人の恋愛相手を奪い取るヒロインということになる。

諸々の補正で美談に仕立て上げるにしても、後味はよろしくない。

乙女ゲームを嗜《たしな》む層の気持ちはよくわからないが、恐らく求められているのはときめきであって愛憎劇《あいぞうげき》ではないはずだ。ここは新キャラクターが登場するのかもしれない。

何にしても乙女ゲームである以上、ロマンスは必須。そして何の障害もない恋はありえない。そんなものは、カップラーメンができるよりも早く攻略されてしまう。

国を巻き込む事件とやらもロマンスに絡んでくるのだろうが、やはり恋のライバルキャラ的な悪役令嬢もいるだろうし、何だかんだイベントという名の揉め事も起こるに違いない。

国を巻き込む事件などこちらの身が保たないので、極力関わらないように気を付けなければ。

「今はそれよりも大きな問題がありますしね……」

エルナはため息と共に、窓枠に肘《ひじ》をつく。小鳥のさえずりが耳に優しいが、ずっと領地でのんびりできるわけではないのだ。

——田舎の平凡な子爵令嬢が、神の如き美貌の第二王子に告白された。

言葉を並べただけで十分荒唐無稽《こうとうむけい》なのに、これが事実なのだから笑えない。

何が困るのかと言えば、エルナには自分の気持ちがよくわからないのだ。

今まではあくまでも乙女ゲームのキャラクターとして見ていたので、グラナートのことはまったく意識していない。テレビの中のアイドルと同じだ。それも特にファンでもなかったイケメンアイドルだ。いくら格好良くても観賞対象であり、生きている世界が違いすぎる。

『虹色パラダイス』という枷《かせ》が外れたことでグラナートを一人の人間として見ようとしたのだが、そうなると今度は色々なことが気になり始めた。

グラナートは王子で、エルナは田舎の子爵令嬢。

平民よりは幾分マシとはいえ、身分の差はかなり大きい。

更にグラナートは一人で乙女ゲームのパッケージを飾れるほどの美貌を持つ、メイン攻略対象の息子。淡い金髪に柘榴石の瞳が美しい、紛うことなき麗《うるわ》しい王子様だ。

対してエルナは濃い灰色という地味な髪色に、水宝玉《アクアマリン》の瞳の立派な平凡顔。顔面偏差値《がんめんへんさち》のバランスが悪すぎて、絵面がどうかと思う。

やはり麗しい王子様には、美しいヒロインが相応《ふさわ》しいのではないだろうか。

エルナだって一応は年頃の女の子なので、美少年に好意を伝えられて嫌な気持ちはしない。少なくともグラナートのことが嫌いというわけではないし、律儀《りちぎ》で優しいところは評価している。

だが、好きなのかと問われれば肯定も否定もできない。いっそひとめぼれするなり嫌いになっていれば、こんなに悩まなくてもよかったのに。

理不尽な怒りだとは思うが、エルナもどうしたらいいのかわからないのだ。

それに今までは何を言われても他人事《ひとごと》のような感覚だったが、枷が外れてしまえば恥ずかしいし緊張する。よく考えるとグラナートは何だか凄《すご》いことを言っていたような、いないような。

正直なところ許容量《きょようりょう》を超えているので、ちょっと距離を置きたい。

続編と関わる可能性もあるのだから、なおさら距離を置きたい。

窓の外を埋め尽くす領地の緑の景色を眺めながら、窓枠に引っかかっていた葉を摘まむと、ふうっと息を吹きかけて飛ばす。ひらひらと舞い落ちる葉を眺めたエルナは、小さくため息をついた。

王都のノイマン邸で発熱した際にはグラナートから見舞いの花も届いたが、面会は断っている。

周囲は聖なる魔力を使ったせいだと思ったようだが、なんのことはない。グラナートの告白と『虹色パラダイス』続編の記憶の衝撃による発熱だ。原因に会っては、更なる高熱にうなされる未来しか見えない。

そうして学園は夏休みに入り、エルナはそのままレオンハルトと共に領地に帰ってきたのだ。静養のためであり、自分の気持ちを考えるためであり、母の話を聞くためでもある。

「のどかですねえ」

青い空、白い雲、小鳥のさえずりと風に揺れる葉擦《はず》れの音。木漏れ日《こもれび》がキラキラと輝いて、その眩《まぶ》しさにエルナはそっと目を細めた。

こうしていると『虹色パラダイス』や側妃関連のごたごたも、すべて夢だったような気さえしてくる。グラナートのことも、夢か気の迷いだったのではないだろうか。王都に戻れば「うっかりしていたよ」と発言を撤回《てっかい》するかもしれない。

それこそ続編に向けて、天の配剤《はいざい》でしれっとなかったことにされる可能性だってある。

「……それならそれで、いいかもしれませんね」

少なくとも、これ以上モヤモヤと悩まずに済む。所詮は生きる世界が違う相手なのだ。

「よし。まずはやるべきことをやってしまいましょう！」

エルナは勢いよく椅子から立ち上がると、そのまま自室を後にした。

母と話をしようと使用人に所在を聞いて案内されたのは、庭に面した部屋だ。

窓はすべて開け放たれ、時折吹き込んでくる風が木の葉を落とすが、この邸の人間でそれを気にする者などいない。

既にお茶の用意が整っているのは、もともとお茶を飲むつもりだったのか……いや、二人分用意されているところからして、エルナが来るとわかっていたのだろう。今までは多少不思議なことでも母親の勘と言われて納得していたが、これも聖なる魔力の一環なのかもしれない。

何故なら、この母こそが『虹色パラダイス』のヒロインにして、虹の聖女と呼ばれる存在なのだから。

「お母様は、その……昔、髪の毛が虹色だったのですか？」

複数から話を聞いたので疑ってはいないが、それでも一応確認しなくては話が進まない。

何せこの世界は『虹色パラダイス』

その虹色の髪は、世界の中心という証でもあるのだから。

母親にするとは思わなかった質問堂々第一位を飾るその問いに、エルナの母ユリア・ノイマン子爵夫人はあっさりとうなずく。

「色合いは嫌いじゃなかったけどね。目立つから、面倒なことも多かったわ」

それは知っている。入学式の日に「髪色ごときで文句をつけるなんて、暇ですね」と鼻で笑ったらしい。

あくまでも『虹色パラダイス』の情報だが、多分間違っていないのだろう。

エルナはティーカップに口をつけながら、ちらりと母を窺《うかが》う。あらためて見ても焦げ茶色の髪に黒曜石《オブシディアン》の瞳の、ごく普通の女性だ。年の割には若々しくて美しいとは思っていたが、まさか乙女ゲームのヒロインだったなんて夢にも思わない。

領地にいた頃は日本の記憶を取り戻していなかったので、普通の肝っ玉母さんくらいに思っていたのだが。

「あの……お母様の周りのそれは、何ですか？」

気にしないようにとは思っても視界に入ってくるそれに、エルナはたまらず問いかける。するとユリアはぱちぱちと瞳を瞬《しばた》かせた。

「いやだ、エルナも見えるようになったの？　聖なる魔力を継いでいるというのは本当みたいね」

まるで赤ん坊が初めて立った姿を見たような、幼子の遊戯《ゆうぎ》を見守るような。そんな柔らかい物言いと表情なのだが、その背景がさっぱり穏やかではなかった。

エルナにはユリアを取り囲むように、仏像の後光のようなものが見えている。ただし、それは温かいとかありがたいというような優しい光ではない。殺傷力《さっしょうりょく》のあるレーザービームを全方位に放っているという表現がしっくりくる、物騒極まりないものだ。

今までよく気付かずに接していたなと自分に呆れるくらい、謎のプレッシャーを感じる。

「テオドールには聖なる威圧光線《いあっこうせん》って呼ばれたのよ。酷《ひど》いわよねえ？」

小さく首を傾げながら微笑む姿だけは可愛らしいが、背景が怖いのですべてを上書きしてしまう。

テオドールの表現は限りなく正解に近いと思うけれど、肯定するのも何だか憚《はばか》られてエルナはただうなずいた。

「テオ兄様には見えているのですか？」

「ええ。それにレオンハルトは見えなくても何かを感じ取っているみたい。あの子、物理的にはなかなか強く育ったから」

「物理的」

身体的や体力的というのならわかるが、物理的とはまた珍しい言葉が飛び出した。

「レオンハルトは魔力皆無と言っていいわ。そこはマルセル様に似ている」

父であるノイマン子爵の名を呼ぶユリアは、幸せそうに微笑む。言っている内容は「息子は魔法の才能がない」という身も蓋《ふた》もないものだが、この様子ではどうもユリアの中では誉《ほ》め言葉らしい。

「エルナには迷惑をかけてしまったわね。虹の聖女と聖なる魔力が実在するというのは、国の極秘事項。知らせる方が危険だろうと思って口止めしていたの。……でも全部話しておくべきだったのかもしれない」

「いえ。それは仕方ありません」

確かにそれなら、教室でテオドールに接触せずに済んだかもしれない。だがグラナートにも知らせておいてくれないと、結局「名前を呼んで」攻撃の可能性がある。そちらは国王が決めることだろうから、事態が変化したかは微妙なところだ。

それにエルナ自身に聖なる魔力があるとわかったのはつい最近なので、ハンカチ製造販売からの騒動はどちらにしても起こっていただろう。

「でも、どうして急に聖なる魔力が出てきたのでしょうか」

思い当たる変化は学園入学と日本の記憶がよみがえったことくらいだが、何か関係はあるのだろうか。

「そうねえ。学園で魔法を身近に感じて抵抗がなくなったとか？　あなた、魔法をあんまり信じていなかったでしょう」

「存在は知っていましたよ」

「つまり他人事だったのよね。でも心境が変化して親近感が湧いた。……魔法って思っている以上に精神状態に左右されるのよ」

ということは『虹色パラダイス』の記憶と共に、魔法のことも思い出したのが大きいのだろう。

「世の中にはそんなものもあるらしい」という認識では自分は関係ないと抑制がかかっていたのに、

「この世界には本当に魔法がある」と知ってそれが解けたということか。

「そういえば、第二王子にプロポーズされたんですって？」

「――――プ⁉」

突然の話題の変化とその内容に、危うく紅茶を噴《ふ》き出しそうになる。紅茶が変なところに入ったらしく鼻の奥が焼けるように痛いし、涙が浮かんできた。

「浸透圧《しんとうあつ》と温度が鼻粘膜《びねんまく》と同じに調整された液体ならば痛みはない」という、役に立つようで立たない知識が脳裏に蘇《よみがえ》ったが、どうしようもない。結局、紅茶が鼻に入れば痛いのだ。

本当にどうでもいい知識だけはすらすらと思い出せるのが、嫌になる。

ユリアに余計なことを吹き込んだのは、恐らくテオドールだ。学園生活を空気になってやり過ごしたいエルナの要望には、全然対応してくれなかったのに。こういう連絡だけは早いのか、と悪態《あくたい》をつきたい気分である。

「聖なる魔力を使った後は魔力に浮かされる人がいるから、気を付けるのよ」

「浮かされる?」

あまり聞かない言葉だが、熱に浮かされるみたいなものだろうか。

「何だかねえ、あの魔力って受けると凄く高揚するというか何というか。うっかり大きなことを言っちゃうみたい。ちょっと特殊なのよね。昔は私もそれで迷惑……いえ、色々あって。大体は半日もあれば問題ないけれど、たまにしつこいのを粉砕《ふんさい》……いえ、説得したりして」

笑顔で紡がれる言葉の端々に不穏な響きはあったが、とりあえず聞かなかったことにしよう。

「殿下にも、その影響が出ているのでしょうか」

それならば、田舎貴族の平凡エルナにプロポーズしたのも納得できる。要は不本意な事故であり、グラナートも被害者というわけだ。

「もしそうなら、とっくに効果が切れて撤回しているでしょう。別に魅了《みりょう》の魔法というわけじゃないから。そもそも好意がなければ、いくら何でもプロポーズなんてしないわよ。しかも、王子が」

つまり魔力の影響で酔いが回ってガードが緩い状態、と考えればいいのかもしれない。聖なる魔力とは意外と物騒なものだ。

「私自身や女性は大丈夫なのですか？」

「聖なる魔力を持っていれば無害じゃないかしら。テオドールは平気だったし。それから女性には影響がないのよね。テオドールに聞いてみないと、性別が逆の場合はわからないけれど」

多分、それは乙女ゲームだからです。

ヒロインの魅力で男どもをノックアウトする都合だと思います。

……真実を知っていても言えないことが、世の中にはある。

「では、心にもないことは言わないのですね……」

無意識のうちにため息をこぼすエルナを見て、ユリアが不思議そうに目を瞬かせる。

「どうして残念そうなの。エルナは王子が嫌い？」

「いえ、別に嫌いではないです。特別好きでもありませんが。……律儀で優しくて顔のいい王子様です」

自分で口にしてもどうかと思う評価だが、ユリアは満足そうにうなずきながら微笑んだ。

「あら、だったら大丈夫よ。嫌いじゃなくて、いいところが一つでもあって、好いてくれるなら。それで十分だわ」

「そういうものですか？」

「そうよ。マルセル様なんて、剣も魔力も体術もからっきし駄目よ。そこらの幼子にも負けるわ。性格も良くないいし。背も高くないし。特にお金や地位を持っているわけでもない」

母の父への評価が散々で、聞いているこちらが切なくなる。この話題を振ってしまった責任からか、エルナは胃のあたりに痛みを感じ始めた。

「でも私をありのまま受け入れ、大切にしてくれる。十分すぎるほど幸せだわ」

その笑みにエルナを苛《さいな》む痛みがすっと消えていく。見ているこちらが恥ずかしいほどの優しい笑顔は、母が父のことを想っていて本当に幸せなのだと雄弁《ゆうべん》に物語っていた。

その姿に心が温まるし、羨《うらや》ましい気持ちが芽生えてくる。こんな風に想える相手がいれば、きっと何があっても乗り越えられるのだろう。

「王族はねえ……まあ、色々あるでしょうけれど。エルナが幸せなら私はどちらでもいいの」

ノイマン家のような田舎の弱小貴族にとって王族と縁が繋《つな》がるというのは、願ってもいない幸運だと思うのだが。今日の夕飯のメニューは何でもいい、くらいの軽い流され方だ。

「王族入りしてもいいし、断ってもいいわ。家のことは心配ないわよ。文句は言わせないから」

これは本来「どんなことがあってもあなたの味方よ」という、子を思う母の優しい言葉のはずだ。

だがユリアの背後の聖なる威圧光線がイルミネーションのように瞬いているのが、気になって仕方がない。

あの軽快なテンポの点滅は、ただ光っているだけではない気がする。文句は言わせないというのは父だけではなくて、国王やその周辺も含まれるのかもしれない。

怖くて確認できないししたくないので、曖昧《あいまい》にうなずいておく。

「それで聖なる魔力とは何なのでしょうか」

「そうねえ。巷では七色の魔力とか浄化の力なんて言われているけれど……私は無効化だと思っているわ」

「無効化、ですか？」

「そう。自分に都合の悪いものや不要なものを、無かったことにするの」

それはまるでリセットボタンではないか。

自分の望む効果が得られなかった時にゲームをやり直すという、禁じ手。それを現実の世界でも再現できるなんて。さすがはヒロイン、能力が異次元だ。

「そんなことが可能なのですか」

自分の魔力の存在すら疑問のエルナからすると、雲をつかむような話に感じる。

「できるわよ。強く願って、それを力に変えるの」

……それは無理だ。

だって、エルナには自分の願いが力に変わると信じることができない。

強く願えばそれを力に変えられるという自信。これは鋼《はがね》のメンタルとそれに見合うヒロイン補正《ほせい》を持つユリアだからこそ、扱えるものなのだろう。

「私には難しそうです」

「でも刺繍したハンカチにはしっかりと魔力が込められていたわよ。まずはそれで制御《せいぎょ》の練習をしたら？」

なるほど。確かにハンカチが実際に呪いの魔力を消すのを見ているから、少しは自分の魔力というものを信用できる。刺繍ならば身近なので抵抗もないし、取り掛かりやすいというのも気持ちを後押しした。

エルナはその日から刺繍ハンカチを作り始めたのだが、何をどうしたら魔力を込められるのかは結局よくわからない。

一応ユリアもコツを教えてはくれたけれど、「シューンと来たのをズバーンと弾いてドドーンと！」という感じで、何の参考にもならなかった。

一流の選手が名監督になれるわけではないというのは、きっとこういうことなのだろう。自分ができることを相手のわかる段階に噛《か》み砕いて説明するスキルが、ユリアには致命的に欠落していた。

結局は自分で考えるしかない。

ユリアが魔法は精神状態に左右されると言っていたのを思い出し、とりあえず「世界平和」と呟きながら糸を刺す。だいぶ大げさな言葉ではあるが、平和自体はいいことだし問題ないはずだ。

気分がのれば針も進む。エルナはただひたすらに世界の平和を口にしながら刺繍し続けるという、一見するとちょっとおかしな行動を続けた。

だが、それなりの数を作り終えた頃にやって来たユリアの眉間には、深い皺《しわ》が寄る。

「誰が聖なる爆弾《ばくだん》を量産しろと言ったの。危ないから没収《ぼっしゅう》です」

ユリアは物騒な文句を言ったかと思うと、そのままエルナが手にしていたハンカチと出来上がったものをすべて持っていってしまった。

一体何がいけなかったのかいまいちわからないが、とりあえず世界平和を祈りながら刺繍をするのは駄目らしい。

仕方がないので、今度は一つのハンカチに無心で刺繍をし続けた。何も考えず何も言わずにただ糸を刺し続けた結果、タオルハンカチを超える厚さのものが出来上がってしまう。何となく限界に挑戦してみたものの、糸が密集した硬さに耐えられず針が折れたところでさすがに止める。

もはやハンカチというよりは厚紙と言った方がいいそれを、エルナはそっと引き出しにしまった。

夏休みも残りわずか。

ノイマン子爵領から王都への移動を考えれば、のんびりできるのは今日と明日だけ。寂《さみ》しいけれど、これはかりはどうしようもない。

日本でも夏休みは情け容赦《ようしゃ》なく高速で過ぎ去っていくものだったが、ゲームの世界でもそこは同じらしい。

「まあ、宿題がないだけ幸せですよね」

エルナはそう呟いて自分を慰《なぐさ》めながら、ハンカチを机に並べる。簡素な木の机の上には紺色の布をかけてあり、白いハンカチがよく映えた。

今日は領地のお祭り。

本来ならば領主の娘であるエルナが露店に立つことも、まして物を売るようなこともありえない。だがノイマン子爵領は田舎なので領主一族と領民の距離が近いし、以前の祭りで刺繍ハンカチが人気だったので、今回も参加を請《こ》われたのだ。

刺繍は楽しいしお小遣い稼ぎにもなるという、まさに一石二鳥のイベントである。

日本の記憶を取り戻してからというもの、刺繍をしたハンカチが清めのハンカチなどと呼ばれる事態になっていたので、念のためユリアにも相談済み。今回は刺繍自体を小さくしたし、事前に確認してもらっているので問題ないだろう。

「……このハンカチ、君が作ったの?」

黒髪の少年がエルナに話しかけてきたのは、一通りのハンカチが売れて落ち着いた頃だった。

藍晶石の瞳が印象的な、整った容姿の少年である。田舎のノイマン子爵領にも美少年はいるのだと思うと、ちょっと誇らしい。

人を美醜《びしゅう》で判断するのはよろしくないが、心情として美少年や美少女を見ると幸せというのは事実なので心の中でありがたく拝《おが》んでおこう。

「はい、そうです」

「君の名前は？」

「エルナです」

領民にノイマンの姓を名乗ると、無駄に緊張させてしまうかもしれない。祭りの常連ならばエルナが領主ノイマン子爵の娘だと知っているだろうが、知らないならそれでいいと思う。

せっかくのお祭りなのだから、楽しく過ごしてもらいたいものだ。

「いい名前だね。俺はヴィル」

「ヴィルですね。良かったら、お一ついかがですか？」

売り切れば残り時間は自由なので、祭りを見て歩きたいエルナはとりあえず購入を勧めてみる。

だが邪《よこしま》な考えのセールストークを見抜いたのか、ヴィルはじっとハンカチを見て黙ってしまった。

領主の娘が売るといっても、価格は普通のハンカチと大差ない。ヴィルは手ぶらだったので買い物でお金を使い切ったようにも見えないのだが、ここまで無言になると気まずいことこの上ない。

お金がないか、あるいは金額に見合う価値を見出せないのか、単純に断れなくて困っているのか。

こうなったらハンカチはどうでもいいので、何か喋《しゃべ》ってほしい。むしろ売りつけようとしてすみませんでした。

もういっそ謝ろうかとエルナが口を開きかけたその時……ヴィルはあの言葉を放ったのだ。

「ハンカチを買うから――俺と結婚しよう」

そうして現実逃避を終えたエルナの意識は、ひざまずく黒髪の美少年と鋭い眼差しの金髪の美少年に挟まれる謎の修羅場に引き戻された。

第二話　渾身の一発です

ひざまずいた姿勢から立ち上がる黒髪の美少年ヴィル、それをじっと見ている金髪の美少年グラナート。

ここだけ太陽が割り増しで光を降らせているとしか思えない輝きを放つ二人に、周囲の人間もチラチラとこちらに目を向けている。

何故か告白してきた相手と、何故かプロポーズしてきた相手。

無言で見つめ合う美少年二人という図らずも修羅場な展開に、エルナの胃が悲鳴を上げ始めた。

「お祭りジョークではありませんか？　この辺りではたまに見かける習慣ですよ。それよりも、急に走り出さないでください」

グラナートの背後からやって来た紅の髪の青年の姿に、エルナはほっと息をつく。エルナの兄でありグラナートの護衛でもあるテオドールの、場に似合わぬ軽い声が今はただありがたい。

「冗談、ですか」

絶対に納得していない様子のグラナートの厳しい視線に、ヴィルは大げさに肩をすくめる。

「王子様の登場か。……今日はこのくらいにしておくよ。またね、エルナ」

明るく手を振って去っていくヴィルの姿に、グラナートが眉を顰《ひそ》めた。

「……まさか」

グラナートは低い声で何か呟いたと思うと、テオドールに耳打ちしている。どうやらお祭りジョークの習慣はお気に召さなかったらしい。

「どうして殿下がこちらに？　何かの視察ですか？」

少し重い空気を変えるべく、エルナは慌てて口を開く。田舎に王子が来るような用件は思い浮かばないが、何かあったのだろうか。

「そんな感じですね」

するとグラナートはそれまでの表情から一転して、穏やかな笑みをエルナに向ける。本人にそのつもりがなくてもその笑顔は必殺必中の攻撃なので、もう少し抑えていただきたい。

遠巻きにこちらを見ていた人々の感嘆の声が耳に届き、同時にそれに納得しかできないのだから今日も美貌の王子の麗しさが弾けている。

グラナートは間違いなく容姿が整っている上に声も美しく物腰柔らかで、観賞するだけならば最高の相手だ。

本当に、ひとめぼれしておけばこんなにモヤモヤせずに済んだのに。

失礼極まりない結論と共に、机の上のハンカチを片付け始める。今日の祭りももう終わるし、残りは明日売ろう。何よりも美少年二人のせいで周囲がざわついているので、もうハンカチを見ようという人もいない。

美人は周囲の視線を奪う。

売買の場で美しいというのは必ずしもいいことばかりではない、とエルナは一つ学びを得た。


「殿下もうちに泊まるのですか⁉」

ティーカップを持ったまま、エルナは驚きの声を上げる。

何故か三人で歩いてノイマン邸に入り、長兄を交えて四人一緒にお茶を飲んではいたが、これはあくまでも休憩なのだと思っていた。侍女のゾフィが用意してくれた紅茶は柑橘《かんきつ》の香りが清々しくて幸せな気持ちだったが、一気に現実に引き戻される。

「仕方がないだろう。お忍びとはいえ、王子が泊まれるような宿がないんだ」

勝手知ったる自分の家ではあるが一応は護衛として訪問しているせいか、テオドールは立ったまま控えている。エルナの隣にレオンハルト、その向かいにグラナート、その後ろにテオドールという見慣れない光景に何だか落ち着かない。

ただテオドールは立ちながらもお茶を飲んでいるので、護衛として気を張っているようにも見えなかった。

確かにテオドールの言う通り、田舎のノイマン領では王子が宿泊できるような格式の高い宿は存在しない。だからと言って、安宿に泊まらせるのは安全上好ましくないというのもわかる。

グラナートに何かあれば護衛のテオドールはもちろんノイマン子爵家にも影響があるので、安易な選択をしないでもらえるのはありがたい。

「うちなら俺の友人ってことで泊まっても自然だし。大体、うち程安全な家もないからな」

確かに虹の聖女ユリアがいるのだから、滅多なことは起こらないだろう。そう考えれば、国の中でも一、二を争う安全地帯なのかもしれない。

父と母は祭りの所用で留守なので家にいたのはレオンハルトだけだが、夜には帰るらしいので安全策は有効である。

「それにしても、急な」

「……どうしても実家で寛《くつろ》ぎたかったんだよ、いいだろう」

非難というわけではないが不思議そうなレオンハルトの言葉を遮《さえぎ》るように、テオドールが呟く。

喋りがどことなくぎこちないのは、いい年をして実家に帰りたいと言うのが恥ずかしいのかもしれない。

エルナは入学してからずっと領地に帰りたかったし、そんなに照れなくてもいいと思う。こういうところは男女の差か、あるいは年齢の違いなのかもしれない。

すると、グラナートが手にしていたティーカップをそっとテーブルに置く。ただそれだけの所作でも目を奪われるのだから、麗しい上に高貴な王子というものは凄い。

「僕が一緒に来れば護衛任務も問題ありませんから。……ですが公務もあるので、明日の夜には発ちます」

なるほど。グラナートはテオドールのホームシックに付き合って、わざわざノイマン領まで来たのか。以前にも思ったが、なかなか律儀な王子である。かなりのハードスケジュールだろうに、よく了承したものだ。

「殿下もお忙しいのに。……テオドールもわがままだな」

そう言うレオンハルトの顔には、微笑ましいと書いてある。きっと家族が揃うのが嬉しいのだろう。

「いえ、僕は大丈夫です。それよりも、せっかく来たのでお祭りを見ていきたいのですが。エルナさん、明日一緒に行ってくれますか？」

突然話を振られたエルナは、危うく紅茶をこぼしそうになる。

「テオ兄様の護衛付きでしたら。明日もハンカチを売る予定なので、その後なら大丈夫です」

これはきっと、王族による領地の視察でもあるのだろう。明日の夜には王都に戻るというし、王子というのはかなり忙しいようだ。エルナはのんびりと夏休みを過ごしている自分が、少し恥ずかしくなった。

客間に案内するためにグラナートとテオドールが退室すると、エルナは優雅にお茶を飲む長兄に目を移す。

「レオン兄様、テオ兄様はいつまでアレを続けるのですか？」

エルナの質問に、レオンハルトは困ったように笑う。アレというのはテオドールが黒髪を紅に染め、テオ・ベルクマンという偽名でグラナートの護衛をすることである。

そもそもは国王に相談されたユリアが、テオドールをグラナートの護衛につけたのが始まりだ。変装はテオドールの素性と、虹の聖女ユリアの存在を隠すためのものだったのだろう。だが既に側妃に狙われることはなくなったのだから、もう不要なはずだ。

学園で「テオさん」として接するのもなかなか面倒だし、変な誤解も受けやすい。「テオ」に好意を抱いている様子のアデリナ・ミーゼス公爵令嬢にも安心してほしいし、テオドールの本来の姿を見せてあげたいという気持ちもあった。

そこで恋が冷める可能性はあるが、あのピュアぶりからすれば問題ないだろう。

「うーん、難しいな。王位継承権をめぐって微妙な動きがあるみたいでね」

「またですか？」

「側妃は表向き病気静養中だが実際は幽閉状態なので、今回は関係ないけれど。それを察した貴族の一部が動き出したらしい」

側妃は幽閉されているようだが、王妃殺害に加えて王子殺害未遂もあるのだから、これでもかなりの温情だろう。

「簡単に言うと、グラナート殿下の身に危険が及ぶ可能性がある。そして、直系王族で魔力に優れたグラナート殿下を狙うのなら、どうにかして呪いの魔法を使うのが確実だ。だからテオの護衛は解除できない。何せ呪いの魔法に対応できる人間なんて他に見当たらないからね」

呪いの魔法と聞いて、エルナの脳裏に側妃が使った魔法が浮かぶ。

あのモヤモヤとしたものは、よくない。実際にグラナートの母である王妃は、あの魔法で命を落としているのだ。

「呪いの魔法はそんなに簡単に使えるものなのですか」

「いや、滅多にないはずだよ。でもゼロではない。テオドールもついているから、今のところは安心だけれど」

可能性があるのなら対策は必要なのだろう。今まで護衛の任に就いていた人間を継続させるだけでそれが果たせるのなら、当然保留されるはずだ。

「でもテオ兄様がいるのなら、呪いの魔法を使っても無駄なのでは?」

「四六時中一緒というわけにはいかないから、隙を狙えば可能だろう。だから今、テオドールは騎士見習いの宿舎を出て王宮に住み込んでいるよ」

初耳だが、そう言えば以前に「ここ数日は自室に帰れなかった」と言っていた。あれは王宮にいたから宿舎の自室に戻れなかった、ということだったのか。そして現在はそれが継続した状態らしい。

「そんなに危険なのですか？」

「一番はテオドールの聖なる魔力の使い方の問題だな。反撃型《カウンター》だから攻撃されないと使えないし、基本的に自分と限られた周囲にだけ発動する。だからそばにいないと意味がないんだ」

なるほど。それならば、確かに住み込みでそばにいないと護衛の役目を果たせない。

「ということで、しばらくは紅の髪のテオ・ベルクマンのままだ。頑張れ、エルナ」

「……はい」

レオンハルトに励まされ、エルナは力なく返事を返した。


「……さて、テオ兄様。私に言うことはありませんか」

レオンハルトと話を終えたエルナは、テオドールの私室を訪れていた。

ノックの強さとエルナの笑顔に察するものがあるらしく、何だか扉の開く速度が遅い。

「だからうちに帰って来たんだよ。……とりあえず、中で話そう」

既に疲れた表情のテオドールは、そう言ってエルナを室内に招いた。座ってのんびり話すような話題でもないので、早速テオドールを睨みつける。

「何故、学園でいちいち私に絡んできたのですか。レオン兄様からもやめるように言ってもらったはずです」

エルナは腰に手を当てて仁王立ちで不満をぶつける。

言うに言えなかった、伝えたはずなのにさっぱり伝わらなかった。あのもどかしさは未だに納得できない。

「エルナが名前を呼ぶまで殿下が諦《あきら》めない様子だったから、さっさと終わらせて関わらないようにしてやろうと思っていたんだ。本当だ」

拳を握りしめるエルナをなだめるように、テオドールは両手で扇《あお》ぎながら落ち着けと訴えてくる。

「グラナート殿下おはようございます、と軽く言ってくれれば初日で終わったんだよ。……まあ、聖なる魔力がない前提だけれど」

「言えると思いますか？　あの状況で？　私は立派な豆腐メンタルですよ！」

「とうふ？」

しまった。豆腐はヘルツ王国にはないらしい。

では『豆腐に鎹《かすがい》』という言葉は存在しないのか。それとも『プリンに鎹』とかになるのだろうか。カラメルソースのべたつきで鎹が倍速で錆びそうである。

……駄目だ、またどうでもいいことを思い出してしまった。

「いえ、その。う、打たれ弱いのです。蚤《のみ》の心臓です。あんなに注目された状態で言えるわけがありません」

「それは悪かった。まさかあそこまで長引くとは思わなかったんだ」

しょんぼりとうなだれるテオドールに少し同情してしまうのは、家族の情というやつだ。

だがしかし、こういうことはうやむやにせずきっちりと話をつけた方がいい。

「せめてレオン兄様経由で伝えてくれれば。……いや、呼びませんけれど」

「そうか、その手が！　って、呼ばないなら一緒じゃないか」

「心構えが違います。謎の行動をする王子から、名前を呼ばせたい王子に変わります。怖さが全然違います」

するとエルナの言葉を聞いたテオドールが、心配そうに顔を覗《のぞ》き込んできた。

「怖かったのか？」

「怖いですよ。目的不明ですし。不敬罪からの処罰狙いも考えました。何を言っても伝わらないので、兄の頭がおかしいのかと心配もしました」

「……悪かった」

今度こそ本格的にうなだれたテオドールの肩に、エルナはそっと手を置いた。

「わかってくれたのならいいです。――さあ、それでは約束の渾身《こんしん》の一発。参りましょうか」

エルナはにっこりと微笑みながら右手を掲げる。イメージは「手術を始めます」でお馴染みの医者のポーズだ。

「は？　今、いいですって……」

「はい。事情はわかりましたし謝罪していただいたので結構です。後は清算ですね」

エルナがスナップを利かせた素振りを始めると、テオドールが目に見えて焦り出す。

「待て。おまえ、その目――」

「渾身の、デコピンです！」

素早く掲げられたエルナの指が、テオドールのおでこを正確にとらえて弾いた。


「……少し明るくなってきましたね」

エルナは何度か瞬きをするとベッドから体を起こす。テオドールのせいで抱えていたモヤモヤがようやく解消され、心地良い疲労感でぐっすりと寝たのだが、早起きをしてしまった。

窓から見える空は白んで、小鳥のさえずりが聞こえている。目が冴えてしまってもう一度寝る気にもなれないし、散歩でもしよう。夏の草の匂いを嗅《か》ぎながら歩くのも気持ちがいいはずだ。

シンプルな水色のワンピースに着替えると、エルナは部屋を出る。

貴族といえばドレスなのだろうが、王都ならいざ知らずこんな田舎で普段から仰々しいドレスを着ている者などいない。ろくにコルセットを着けたことのなかったエルナは、学園に制服があると知って安堵したものだ。

「おはようエルナ。今日はずいぶん早いね」

階段を降りたところでエルナに声をかけてきたのは、剣を手にしたレオンハルトだ。

「おはようございます、レオン兄様。剣の稽古《けいこ》ですか？」

テオドールに聞いてはいたものの、この穏やかな長兄が剣を扱うというのが未だにピンとこない。

「ああ。久しぶりにテオドールと時間が合ったからね。殿下も一緒に、少しだけ手合わせしてきた」

剣の稽古が実際に何をするものかよくわからないが、ほとんど汗もかいていないようなので本当に少しだけ体を動かしたのだろう。普段レオンハルトは子爵代理として書類とにらめっこしていることが多いから、いい気分転換なのかもしれない。

「殿下も見所はあるが、まだまだだな。ただ、まっすぐなのは伝わった」

楽しそうにレオンハルトが笑う。グラナートは王子なので、正統派の基本にまっすぐな剣を使うという意味だろうか。

これがいわゆる拳で語るという状態。日本の少年漫画にありそうな「おまえ、やるな」「おまえこそ」的な会話があったのかもしれない。

男同士のやりとりはエルナにはよくわからなかった。

「エルナ。二人は庭にいるから、タオルを持って行ってあげて」

「え、でも」

レオンハルトの様子を見る限り汗をかいているとも思えないし、別に必要ない気がする。

だがそれを口にする前に、エルナに良い香りのタオルが差し出された。

「エルナ様、このタオルと水をお持ちください」

いつの間にか隣にいたゾフィが、水の入った瓶とタオルをバスケットに入れてエルナに差し出す。

ゾフィが持って行けばいいのではと思ったが、二人の無言の圧力に負けてそれを受け取った。

どうせ散歩するつもりだったのでついでに渡せばいいかと庭に向かうと、誰かの話し声が耳に届く。ゆっくりと近付くと、レオンハルトの言う通り二人は庭の真ん中にいたのだが……その妙な様子にエルナはぎょっとする。

「水浴びでもしてきたのでしょうか？」

庭の芝生に大の字になって転がる二人は、頭から水をかぶったようにずぶ濡《ぬ》れだ。汗にしては不自然だし、水だとしても濡れすぎである。

「おはようございます、エルナさん」

「おはようございます、殿下」

寝ころんだままの姿勢で疲れこそ見えていたが、グラナートは何故かこちらを見て微笑んでいる。もしかしてエルナに会えて嬉しいのだろうかと思い、いやいやそんなまさかと首を振る。

昨日だって顔を合わせているのだから、今更そんなこともないだろう。ちょっと気の迷いで告白されたからって、自意識過剰《じいしきかじょう》だ。これはきっと、恋愛経験の少なさが見せる幻なのだ。

「エルナ、どうした？」

テオドールも声をかけてくるが、こちらも転がったままエルナに顔を向けている。

「レオン兄様にタオルを届けろと言われました。……川まで行ってきたのですか？」

井戸で水浴びしたのなら、反対側のこの庭に戻る必要はない。邸から少し歩けば川があるのでそこで水浴びをして大はしゃぎし、結果起き上がれない程疲れたのだろう。

子供みたいではあるが、水遊びは確かに楽しいし体力を奪うので気持ちはわからないでもなかった。

「レオン兄さんと剣の稽古だよ」

テオドールはそのまま動く気配がないので、近付いて水の入った瓶を渡す。

「助かる。のどが焼けそうだ」

「エルナさん、僕ももらえますか」

ゆっくりと体を起こしたグラナートにも瓶を渡すと、二人は勢いよく水を飲んで残りを頭からかぶった。

「……話には聞いていましたが、想像以上ですね」

グラナートはエルナから受け取ったタオルで顔を拭くと、ぐったりとした様子で呟く。

「だから、レオン兄さんがいる家には帰りたくなかったんだ。ただでさえ今日は疲れているのに」

未だに芝生に転がったまま、タオルをかぶったテオドールが愚痴を言っている。

「テオ兄様の都合で来たのでしょう？　何を言っているのですか」

護衛対象であるグラナートを引き連れてまで帰省しておいて、帰りたくなかったとは何事だ。

「……仕方ないだろう。誰かさんが殿下に全然会わないから……」

「はい？」

テオドールは何やらぶつぶつ言っているが、声が小さすぎてよく聞き取れない。

「何でもない。俺のホームシックの範囲に、レオン兄さんは含まれないってこと」

つまり、家には帰りたいけれどそれを凌駕するのがレオンハルトの存在なのか。レオンハルトの方はテオドールを可愛がっているのに、愛情が伝わっていないらしい。

これがいわゆる反抗期なのかもしれない。

「ところで……レオン兄様は、強いのですか？」

以前、テオドールはレオンハルトのことを剣豪《けんごう》と呼んでいいと言っていたが、穏やかな兄を見ている限りは想像できない。強いとか弱い以前に、剣を持つこと自体が未だに信じられないのだ。

「知らないのですか？」

グラナートが驚愕《きょうがく》しているが、美少年は驚く顔も美しい。ここまでくると顔が崩れる瞬間があるのか、ちょっと気になってきた。

「あの大会の頃、エルナはまだ小さかったし領地にいたから知らないんですよ。家の者からすれば、わざわざ言うまでもない話題ですからね」

グラナートがなるほどと納得しているが、何のことだろう。

「テオ兄様、大会って何ですか？」

「いいか、エルナ。俺が十人で束になっても、レオン兄さんには敵わない。笑顔でお茶を飲みながらあしらわれることだろう。……あれは、羊の皮をかぶった兵器だ」

狼どころか生き物でさえない例えだが、グラナートが神妙にうなずいているところを見ると、同意に値する何かがあったということだろう。

釈然《しゃくぜん》としない気持ちはあるものの、ここで言い争っても仕方がないのでエルナは黙ることにした。

朝食を手早く済ませると、早速祭り会場へと向かう。

昨日の残りのハンカチを売るだけなので、今日は早めに終わりそうだ。

だがハンカチを売りきってから合流なのだと思っていたグラナートとテオドールは、朝からエルナと共に行動している。せっかくならお祭りを見て回ればいいのに何故だろうと思いつつ、二人がいると女性客が寄ってくることに気付いたのでそのままにしておく。

売り切るためには、集客も大事だ。

昨日は思わぬ修羅場でエルナも動揺していたが、冷静に考えればグラナートの顔は何よりの客寄せになる。ハンカチから目を奪われるのは困るが、集客効果は侮れない。

一国の王子に対して失礼極まりないとは思うけれど、その隠し切れない麗しさが迸《ほとばし》っているせいなので仕方がない。むしろ、ありがとうございます。

残りのハンカチが少なかったのと思わぬ集客のおかげで、あっという間にハンカチは完売。しかしまだ売っているかと問い合わせる人が多くて、エルナはその場から動けないでいた。

大抵は年頃の女性やその親だが、プレゼントのために買い求める男性も多い。領主の娘がハンカチを売っているのが珍しいのか、握手を求める人もいた。

「領民との距離が近いですね。仲がいいのは素晴らしいと思います」

グラナートに領民を褒《ほ》められ、嬉しくて頬が緩む。田舎の領地だからこその美点だと思うし、何だか誇らしい。

「エルナ、こんにちは」

明るい声に反射的に振り向けば、そこにいたのは黒髪に藍晶石の瞳の美少年。本来なら目の保養であるはずの存在だが、今は会いたくなかったというのが本音だ。

「こんにちは、ヴィル」

挨拶を返すエルナの言葉に、グラナートがぴくりと眉を動かす。

それに気が付いただろうに、ヴィルの方はまったく気にする様子もなく笑顔のままだ。

「昨日は買いそびれたから、ハンカチを買いに来たよ」

「すみません。もう完売してしまいました」

「それは残念。……でも、俺はハンカチよりも君が欲しいな」

おお、と思わずエルナの口から感嘆の声が漏れる。さすが乙女ゲーム在住の美少年は、言うことも普通じゃない。

幸か不幸かグラナートのおかげで美少年耐性がついているらしく、ヴィルに対してはときめきよりも感心する気持ちの方が強い。年頃の女性としてどうかと思うけれど、無節操《むせっそう》に恋に落ちるよりはいいだろう。

するとグラナートはいつの間にかエルナの横に移動しており、ヴィルをじっと見つめている。

「王子様の護衛付きとは。よほど大切なお姫様なんだね？」

茶化すヴィルに対して、グラナートの表情は真剣だ。

「そういうあなたこそ、何故こんなところに？」

「何のことだい？」

ヴィルはとぼけているが、二人は知り合いなのだろうか。田舎の領民と一国の王子が出会うとも思えないが、少なくともグラナートはヴィル個人を認識しているように見える。

「もめ事を起こす気はないからね。ここは引くよ。……またね、エルナ」

そう言って手を振ると、ヴィルは祭りの雑踏《ざっとう》に紛れていった。

一体何だったのかわからないが、エルナは王都に戻るのでもう会うこともないだろう。

「……ちょっと、飲み物を買ってくる」

これでやっと自由にお祭りを回れると思ったのに、テオドールはそう言うなりさっさと離れてしまった。グラナートの護衛を置いて行くわけにもいかず、机を片付けたエルナはベンチに座って戻ってくるのを待つ。だが腰掛けてから、しまったと後悔した。

祭り会場の外れとはいえ、周囲に人は多い。だが賑《にぎ》やかすぎて誰も他人に興味を持たないし、話も聞こえない。これはある意味でグラナートと二人きりではないか。

今まではテオドールが必ずそばにいたので気にしていなかったが、一度意識してしまえば何だか緊張する。告白に対して「考えさせてください」と伝えたのだから、答えを聞かせろと言われても仕方ない。

未だに自分の気持ちも整理できていないのに、どうしたらいいのだろう。

「……こうして座っていると、学園で話をしたことを思い出しますね」

グラナートは懐かしむように目を細め、空を見上げている。

グラナートが言っているのは、以前に学園のベンチに座って話をした時のことだろう。リリーの魔力について聞かれたのだが、まるで優秀なリリーなら便利だと言わんばかりの言葉にエルナが反論したのだ。色々あってストレスで八つ当たりした状態だったので、思い出すのも恥ずかしいし申し訳ない。

負い目から恐る恐る様子を窺うと、グラナートは優しい笑みを返してくる。その穏やかな表情にエルナの緊張が少し解けた。

そうだ。グラナートは根に持つような人でも、無理に答えを迫るような人でもない。

そう思い至るのだから、好意はともかく信用はしているらしい。

「テオに聞いたのですが。僕が『魔力が優秀なリリーさんを伴侶にしたら楽だし安心』と言ったと思っていますか？」

「うっ」

見事な図星だ。何も言えないエルナを気にすることなく、グラナートは続ける。

「あの時は情けない話を聞かせてしまいました。呪いの魔法で母を亡くし、僕も命を狙われ続けていたせいもあって、災いを避けようという気持ちが強かったのです」

母を失い命を狙われるという経験をしたら、避けられるものは避けたくなって当然だと思う。ストレスで八つ当たり状態だったエルナの方がよほど情けない。

「でも大切なのは避けるだけではなくて立ち向かうことだと、あなたが気付かせてくれた」

そう言うと、グラナートはエルナに深く頭を下げる。

「僕はあなたに謝らないといけない。色々とすみませんでした」

「いえ、と、とりあえず顔を上げてください！」

日本でも庶民、この世界でも田舎貴族のエルナにとって、王子に頭を下げられるというのは何とも心臓に悪い。周囲は誰も気にしていないだろうが、エルナが落ち着かないのだ。

何なら代わりにこちらが頭を下げるので、即刻顔を上げていただきたい。

「名前を呼ぶのも断られましたが、よく考えれば当然です。どうしても虹の聖女の情報が欲しかったのですが、それは僕の都合。エルナさんが令嬢達に囲まれていたとリリーさんに聞きました。僕の勝手のせいで迷惑をかけて、申し訳ありません」

再び頭を下げるグラナートに、もはやこちらが加害者のような気持ちになってきた。

これが美少年の力なのか。何と理不尽な正義だろう。

「この間も危険な目に遭った上に慣れない魔力を使って疲れているところに、僕の気持ちを押し付ける形になってしまいました。あの時は何だか気分が高揚して、すぐに言わないといけないと思ってしまって」

グラナートは深いため息をつく。聖なる魔力を使った後に告白したのだから、恐らくはユリアが言っていた『聖なる魔力に浮かされる』現象。

それならば目が覚めた今、冷静になって自分の行動を撤回するということかもしれない。

「本当は夏休みが終わるまで、あなたが静養するのを邪魔しないつもりだったのですが」

そこで図らずもホームシックのテオドールの帰省についてくる形になった、というわけか。

いち護衛のためにわざわざ動くのだから、本当にグラナートは律儀で優しい。

「答えは急ぎません。待ちます。考えてくれるだけでも僕にはありがたい。……ただ、僕が大切にしたいのはあなたです。聖なる魔力なんて関係ない。それだけは伝えたくて」

柔らかく微笑むグラナートの言葉に、鼓動が早まる。

美少年の破壊力が凄まじい。笑みと共に揺れる睫毛《まつげ》が光を弾くどころか発光しているように見えるのは、気のせいだろうか。柘榴石の瞳が細められ、それを縁取る睫毛も輝き、更にさらさらと金の髪がこぼれ落ちる。

芸術作品だってここまで完璧な美を再現できないだろうし、もはや呼吸している姿に感謝を捧げたい。

一体何なのだ。地上に舞い降りた天使とはグラナートのための言葉かもしれない。

少しは美少年の耐性がついたと思っていたのに、甘かった。

大体、我ながら動揺しすぎである。日本では短大生だったので今のエルナやグラナートよりは年上のはずだが、色恋とは無縁だったのだろうか。まさか転生先でそのつけを支払うことになろうとは夢にも思わない。

まあ『虹色パラダイス』の存在と短大生だったということ以外は自分の名前すら憶えていないので、恋愛経験の有無は不明なのだが。

「殿下、お待たせしました」

エルナの思考がパンクしかけた時に、ようやくテオドールが戻ってきた。何とか事なきを得たことにほっとするが、その手には何も持っていない。

「あれ、飲み物はどうしたのですか？」

何だかのどが渇いてしまったので一気飲みしたいくらいだが、どう見てもテオドールは手ぶらだ。

「え？　ああ！　……忘れた」

飲み物を買いに行って、飲み物を忘れることがあるのだろうか。

もしかするとテオドールはわざと席を外したのかもしれない。そうでなければ大変に残念な頭ということになるので、妹としてはそれはそれで切ない話だ。

その後、三人で祭りを見て回り邸に戻ると、予定通りグラナートとテオドールの二人は王都に帰って行った。

こんな弾丸スケジュールでは疲れが溜まるだけだろうに、テオドールのわがままに付き合っているグラナートは尊敬に値する。

……もしかすると、グラナートはエルナに会いに来たのだろうか。

今更になってその可能性に気付いたが、どちらにしてもエルナならばこんな疲れる予定はお断りである。休みの日はしっかりと休みたい。

実際のところははっきりしないけれど確認しようがないし、仮に質問して肯定されても否定されても恥ずかしいので聞かないのが正解だろう。

エルナは自身の心の安寧のため、そのあたりの疑問をすべてなかったことにした。

夏休みももう終わるので、次の日にはエルナもレオンハルトとゾフィと共に馬車で王都への移動を開始する。

二日も馬車に揺られていると、お尻が統一されて平らになった錯覚さえ起きてくる。乙女ゲームの世界なのだから、お尻の無事くらい保障してくれてもいいのに。

いや待て。この世界の中心であるヒロインはユリアだ。

四方八方に殺人的ビームを放つような人間がお尻で苦労するとも思えないから、配慮《はいりょ》するに値しないのか。色々な意味で、世界はモブに厳しいものである。

田舎の穏やかな景色を楽しめるのも、今のうちだけ。王都に戻れば、また学園生活が始まるのだ。

エルナはため息をつきながら、車窓を流れる景色を眺めていた。

✦ 閑話 ✦ テオドールの衝撃

それは今から遡ること、一年ほど前。

テオドールが母と国王の命でグラナート第二王子の護衛について、一ヶ月ほど経つ頃の話だった。

テオ・ベルクマンという偽名を使い髪も紅に染めたが、ようやくそれにも慣れてきた。基本的にはそばに控えているだけだし、グラナートは王族でありながらも物腰柔らかく丁寧な対応をしてくれるのでありがたい。

テオドールはただの護衛ではないのだが、それを裏付けるように稀に黒曜石の瞳に虹色の光が浮かぶことがある。呪いの魔法を帯びた何かに反応して聖なる魔力の反撃《カウンター》が発動したのだ。

とはいえ自身で瞳の色は見えないので、グラナートに指摘されて初めてわかるのだが。

これが最初は大変だった。

テオドールが虹の聖女である母ユリアから受け継いだ聖なる魔力は、それほど強くない。瞳に虹色の光が浮かぶのも一瞬だ。だが、たとえ一瞬でも普通ではありえない。

詮索されては面倒なので『魔力を使いすぎると瞳の色素が抜けて白っぽくなるので、一瞬輝いたように見える』と嘘八百の説明をグラナートに伝えた。できる限り虹の光を他者に見せないための『気味が悪いと忌避《きひ》された過去があるので、瞳が輝いたら教えてほしい』という方便も、グラナートは信じて実行してくれた。

実に律儀な王子様である。

何はともあれ順調に任務をこなす日々。

そんな中、ある日の夜会でそれは起きた。

「――あの、ひとめぼれって、信じてくださる？」

突然の言葉に、テオドールは目を丸くして固まった。

声の主は、銅の髪に黄玉《トパーズ》の瞳の美しい令嬢。状況を理解できずに隣に視線を向ければ、グラナートもまた驚きの顔で目を瞬かせている。

「し、失礼いたしました！」

少女は慌てて礼をすると、その場から立ち去っていく。表情と勢いからして走るのかと思えば、何故かよたよたと妙な歩き方なのが気になる。

よくわからないままに見送るテオドールの鼻を、ふわりと甘い香りがくすぐった。

「……上位貴族の御令嬢ともなると、発言一つとっても下々には理解できないものですね」

襲撃者《しゅうげきしゃ》を捕らえ、ひと段落してグラナートの私室に戻るとテオドールは呟いた。

先ほど謎のひとめぼれ発言をしたのは、アデリナ・ミーゼス。大貴族ミーゼス公爵家の御令嬢だ。

「あれは殿下に好意を伝えているんですか？」

「アデリナさんとは昔からの知り合いです。今更ひとめぼれしようがありません。……テオに向かって言ったのでは？」

「俺ですか？　まさか」

グラナートは呆れた様子だが、あんな美少女にひとめぼれされる要素などテオドールにはない。

それこそグラナートのように見目麗しい王子様が相手ならば、理解できるのだが。

「アデリナさんとはこれからも時々会うことになりますから。仲良くしてくださいね」

仲良くと言われてもテオドールはただの護衛で、あちらは公爵令嬢。声をかけることすら叶わない間柄なのだから、話す機会はないと思うのだが。

＊＊＊＊＊＊

「ねえ、テオドール。ちょっと聞きたいことがあるの」

母ユリアの声に、テオドールは眉を顰めた。

ノイマン領に帰省したテオドールは、疲労が溜まっている。

まずは妹のエルナから渾身の一発……いや、渾身のデコピンをくらった。

エルナは特に鍛えているわけでもない普通の女の子なので、渾身と銘打っても威力などたかが知れている。正直なところ物理的にはほぼ無害なのだが、聖なる魔力のおまけがついていた。

同種の力を持っているので本来はそこまで影響がないはずなのだが、今回はテオドールへの不満の清算だったせいか、ごっそりと体力を削られた。

エルナ自身も聖なる魔力を使ったとはわかっていない様子だったし、仕方ないとはいえ、つらい。

次に羊の皮を被った兵器である兄、レオンハルトの剣の稽古が始まった。

相手は人間ではない、兵器だ。

全身が汗でずぶ濡れになる稽古で、ごっそりと体力を削られた。これでもグラナートが一緒だったのでかなり加減されているのだから、レオンハルトのいる家には本当に帰りたくない。

そこに、とどめのユリアである。

相も変わらず皮膚を突き刺す聖なる威圧光線を放つ母に、既にテオドールは疲労を感じていた。

とはいえ無視するとさらに厄介なことになるのは経験済みなので、逃げるわけにもいかない。

「聞きたいって、何を？」

「以前に聖なる魔力で浮かされる話をしたのを、憶えている？」

「……ああ。昔、魔物の討伐でレオン兄さんが暴走したやつ？」

ノイマン領は山がちで、他の地域と比べると魔物も比較的多い。領民やエルナは魔物の姿をほとんど見たこともないだろうが、それはユリアを筆頭とする魔物討伐隊が活躍しているからだ。

正直、ユリアを野に放っておけばそれで事足りる。

だが、さすがに領主の妻に放浪の討伐旅をさせるわけにもいかない。男手はあって困らないし剣の稽古にもなるからと、レオンハルトとテオドールは一緒に連れて行かれることが多かった。

ある時、ユリアの黒曜石の瞳に虹色の光が浮かんだ。

魔物の一体が毒のようなものを吐き出したせいだったと思う。その場にいたのは、ユリアと息子二人だけ。二人はその時初めて、ユリアが聖なる魔力を使うところを見た。

テオドールもそれまでに何度か聖なる魔力を使ったことはあったが、当然ながら自分の瞳の色は見えない。初めて目の当たりにする虹色の光に、綺麗なものだなと感心する。

だが隣に立っていたレオンハルトは急に動かなくなったかと思うと、突然声を上げたのだ。

「――俺、母さんに負けない剣豪になる！」

そう叫ぶなり、レオンハルトは剣を片手に魔物の群れに突っ込んでいく。剣の腕前はおかしいが普段は穏やかな兄の突然の奇行に、テオドールは目を疑った。

ほどなくして一帯の魔物を綺麗さっぱり倒し尽くしたレオンハルトに、ユリアはにこりと微笑んだ。

「それなら、王都の剣術大会に出るといいわ。最近、騎士がたるんでいるから。叩きのめしてきなさい」

——そして、レオンハルトは伝説の人になったのだ。

「それよ。テオドールは聖なる魔力を持っているから平気みたいだけれど、男性は浮かされちゃうのよね」

浮かされるというよりも、レオンハルトの場合はただの暴走だと思う。

「テオドールが聖なる魔力を使って、王子は何かおかしなことを言ったりした？」

「いや、別に」

グラナートの前でも何度か聖なる魔力が発動しているが、特に変わった様子は見られない。

「使い手の性別が逆だから、効果も逆なのかしら。それじゃあ女性はどうだった？」

「護衛任務で聖なる魔力を使うのに、周囲に女性がいることなんて……」


『——あの、ひとめぼれって、信じてくださる？』


テオドールの脳裏に、銅の髪の令嬢の言葉が脳裏に浮かぶ。そういえばあの時は襲撃のせいで聖なる魔力が発動していたはずだ。

「……あれが、そうなのか？」

「あら、何かあるの？」

興味津々のユリアに隠し事は愚の骨頂。テオドールは諦めてため息をついた。

「ひとめぼれがどうとか言われたことがある。あれは魔力に浮かされて心にもないことを口走っていたわけか」

深窓の公爵令嬢がおかしなことを言うと思っていたが、聖なる魔力のせいだったとは。

あの後に何度か顔を合わせる機会があったけれど、アデリナは一切ひとめぼれ発言には触れてこない。恐らくは、なかったことにしたい忌《い》まわしい過去なのだろう。

別にテオドールが仕組んだわけではないが、何となく申し訳ない。

「あら、それは違うと思うわよ」

ユリアは何故か楽しそうにテオドールの額をつつく。

「聖なる魔力で浮かされると、うっかり大きなことを言っちゃうけれど、心にもないことは言わないわ。まして好きでもない人にひとめぼれだなんて言わない」

ユリアはそう言うと、にこにこと微笑みながら立ち去って行った。

こと聖なる魔力に関しては、ユリア以上に理解している者はいない。ユリアがそう言うのなら、思ったことをうっかり言ってしまったということになる。

『――あの、ひとめぼれって、信じてくださる？』

「……嘘だろ？」

今更ながらその言葉の威力に打ちのめされたテオドールは、口元を押さえて呟いた。

✦第三話✦ 王女様の横恋慕

「エルナ様、おはようございます。体はもう大丈夫ですか？」

教室に着くや否や、虹色の髪の美少女、リリー・キールが駆け寄って来る。

頭頂部の華やかなピンク色から次第に色を変えて七色に輝くレインボーヘアーに、紅水晶《ローズクォーツ》の瞳。

冗談だとしてもやりすぎな色合いなのにそれが魅力的に見えてしまう、可愛らしい顔立ち。

相変わらず溢れ出るヒロインオーラが眩しい。

だからこそ『虹色パラダイス』のヒロインではない事実が信じられなかったが、結局のところ続編でヒロインのようなので納得である。

「おはようございますリリーさん。思う存分眠りましたので、もう大丈夫です」

エルナの言葉を聞いて返される笑顔も可愛らしい。

ああ、どうせ乙女ゲームに転生するのなら、ヒロインに恋するモブで良かったのに。リリーをそっと影から見守る学生生活なんて、絶対に楽しいに決まっている。

「あれ？　何だか人数が減っていますか？」

すれ違う生徒の数や教室内の人が、今までよりも少ない気がする。学園生活に慣れたのと夏休みが恋しいせいで、登校時刻が遅れているのだろうか。

「入学時の人数から二年に進級するのは三割、三年生になるのは一割と言われています。一年生の夏休みが明けた今、既にかなりの人数が落第しているのでしょう」

ということは、遅刻ではなくて本当に生徒数が減っているのか。しかもかなり数を絞っている。

「二年生になれた時点で平民でも職には困りません。三年生になれれば文官でも武官でも上の方に食い込めますし、貴族としても箔がつきます。ついでに嫁や婿としても人気です」

「そういうリリーさんはもちろん」

「三年生での特待生獲得と留学が目標です！」

嬉々として語るリリーだが、彼女の能力的に十分可能だ。破格のスペックを持ちながらも努力を怠らないのだから、本当に素晴らしい女性である。

「留学というのは、どの国に行くか決まっているのですか？」

リリーの行く先でロマンスは花開く。言い換えれば、その国では何らかの事件が起こる可能性が高いのだ。

最終的には平和かつ幸せになるとはいえ、事前にわかるものなら知っておいて損はない。

「友好国三国から選べるみたいです。農業の国オッソ王国、技術の国ブルート王国、芸術の国アレーヌ共和国。どこも気になりますよね。迷います」

苺のケーキか葡萄《ぶどう》のタルトか悩んでいますとでも言いたげな、幸せそうな話し方に聞いているこちらの頬が緩む。

リリーは留学して官吏《かんり》になりたいという夢に向かってまっしぐら。モヤモヤと悩んでいるエルナには、その眩しさが羨ましかった。

すると三国の特徴を熱く語るリリーの後ろから銅の髪の令嬢がやってきて、エルナの前に立ち止まる。

黄玉の瞳が輝くこの美少女は、アデリナ・ミーゼス公爵令嬢。

相変わらずメリハリの効いた素晴らしいボディで、女性であるエルナも見惚れてしまう。一体何を食べたらこんな羨ましくもけしからん体になるのか、想像もつかない。

「あなた、もう大丈夫ですの？」

「アデリナ様も、エルナ様を心配していたのですよね」

「キールさん、それは」

「あ、リリーと呼んでくださいと言ったじゃありませんか」

いつの間にか、リリーとアデリナが仲良くなっている。

美少女と美少女がキャッキャウフフする様は、控えめに言ってもただの眼福。ありがたく目を細めて見守るだけだ。

アデリナが悪役令嬢だろうというのはエルナの思い込みだったわけだが、この様子では続編でも違うのだろう。美少女な公爵令嬢なんて格好の悪役令嬢ではあるが……これを超える配役は難しそうだ。エルナはまだ見ぬ悪役令嬢に、そっとエールを送った。

「体はもう平気です。ありがとうございます」

頭を下げるエルナを見るアデリナの表情は一見厳しいが、これは不機嫌なのではなく照れているのだろうと今では何となくわかる。

「エルナ様が誘拐された時、アデリナ様が『不審な女生徒と歩くエルナ様を見た』とテオ様に伝えてくださったんですよ。おかげで足取りがつかめたと殿下も仰っていました」

「テオ……さんに、報告してくれたのですね」

危うくテオ兄様と口にしそうになり、踏みとどまる。テオドールはテオ・ベルクマンという別人として護衛を続行中なので、正体を明かしてはいけない。

夏休みは終わって、ここは学園なのだ。気を引き締めなければ。

「ち、違いますわ。たまたまテオ様がいらしたから、それで」

どうやらアデリナはエルナが言い淀んだのを、違う意味で解釈したらしい。そういえばこの公爵令嬢は、テオのことが好きなピュア令嬢だった。

「アデリナ様がテオさんに報告してくれたおかげで助かりました。」

お礼を言いつつ、「テオさんに報告」を強調してみる。するとアデリナは赤くなって、何やら呟き始めた。「そんなつもりはない」とか「テオ様でなくても報告した」とかなんだかんだ言っているが、何よりも頬を染めた表情が雄弁にテオへの気持ちを伝えてくれる。

こんなにピュアな人間を悪役令嬢かもしれないと考えた自分に、反省しきりだ。

「ところで、あなた」

「エルナで結構ですよ」

「エ、エルナ、さん」

ぎこちなくそう呼ぶと、アデリナは何か言いにくそうに重い口を開く。

「エルナさんは、噂を知っていますの？」

「噂？　何の噂ですか？」

思い当たる節がないので問い返すと、銅の髪を揺らしてアデリナは首を振った。

「……知らないのならば、よろしいですわ。気になさらないで」

エルナの質問には答えず、アデリナはそのまま去ってしまった。テオの件でからかったから、気分を害したのだろうか。ちょっと調子に乗りすぎたのかもしれない。次に会ったら謝っておこう。

すると、教室の入口が俄《にわ》かに騒がしくなる。

ざわめきに引き寄せられるように目を向けると、見たことのある黒髪の美少年が教室に入ってくるところだった。

「……ヴィル？」

エルナの呟きに気付いたのか、ヴィルはまっすぐこちらに駆け寄ってくる。

「エルナ、久しぶりだね」

日に焼けた肌に映える黒髪と、藍晶石の瞳。間違いなく、ノイマン領の祭りで会ったヴィルだ。

それはわかるのだが、どうして田舎の領民が王都の学園にいるのだろう。

もちろん優秀な平民なら入学できるが、その場合にはリリーの時のように噂になるので知らないとは考えにくい。

ということは、残る可能性は一つ。

「ヴィル、あなた貴族だったのですか？」

「ブルート王国の方ですよ」

聞き慣れた声に振り向けば、淡い金髪と柘榴石の瞳の美少年。今度はグラナートまでやって来た。

今日は朝から美男美女祭りで、もうお腹いっぱいである。

麗しすぎると胸焼けするという贅沢な事実をエルナは学んだ。

領地の平凡にして平和な風景が懐かしくなるが、海外に行って和食が恋しいというのはこういうことかもしれない。今のエルナが欲しているのは高級肉や希少な果物ではなく、白飯に梅干しなのだ。

あと、納豆もください。ネギも入れてください。

このままでは脳内和食大会が開催されてしまうと危惧したエルナは、慌てて思考を現実に引き戻す。

「ブルート王国は、友好国の一つですよね」

エルナが確認すると、ヴィルがうなずく。王族のグラナートが顔を知っているのならば、ヴィルはかなり上位の貴族なのかもしれない。だがそれならば何故、ノイマン領の祭りなんかにいたのだろう。

領民にとっては賑やかな祭りだが、正直他国の人間が見ても面白いものはないはず。農産物の購入ならば意味はあるが、上位貴族が自ら買い出しに来るとも思えない。王都に向かう街道からも離れているし、旅の宿としてもあまり使えない位置と設備だ。

嵐で足止めされたわけでもないだろうから、謎が深まるばかりである。

「ブルート王国ですか！　技術大国で、特に魔鉱石の加工は他の追随《ついずい》を許さないのですよね」

ブルート王国の名前に、リリーが食いついた。留学先の候補として挙がっている国なので、興味があるのだろう。

「そうだね。だけど資源は乏《とぼ》しいから、原料が入らなければ一気に厳しくなるよ」

「なるほど、技術大国にも悩みはあるのですね」

その一瞬、ヴィルの表情に影が差したように見えたが……気のせいだろうか。

「まあ、どこの国にも悩みはあるよ。麗しの王子様ともなると、更に厄介事に巻き込まれるだろうしね」

ヴィルはそう言ってグラナートを見ると、にこりと微笑む。

「牽制《けんせい》もいいけれど、守り切れないなら離れるのも愛情だと思わない？」

「それを決めるのは僕ではなく、ましてあなたでもありません」

「親切で言っているんだけどな」

「どうぞ、お気遣いなく」

見目麗しい二人が穏やかな笑みを交わしながら、何だか怖い空気を放っている。さすが王侯貴族と感心するものの、美しいと怖さも倍増なので教室ではやめていただきたい。

やがて講義の開始を告げるチャイムの音が辺りに響き、重苦しい空気からの解放にエルナはほっと胸を撫でおろした。


「ディート王国の王族が、ヘルツ王国を訪問しているらしいですね」

リリーはエルナの髪を梳《と》かす手を止めずに、そう呟く。学園の中庭のベンチに二人で座ったはずが、リリーは早々にエルナの背後に回って髪を結ったり梳《す》いたりと忙しそうだ。

「そうなのですか？　リリーさんは詳しいですね」

官吏を目指すだけあって、リリーは勉強家だ。もともと特待生狙いで留学に興味を持っていたし、ヴィルにブルート王国の話を聞いたことで最近はその手の話題が多かった。

エルナは田舎の子爵令嬢でしかなく、王都での社交活動もほとんどしていない。おかげで社会情勢には疎《うと》いので、リリーの話は新鮮で面白かった。

「ディート王国は確か軍事力が凄い国ですよね。最近小国を吸収合併したとか」

レオンハルトが話していたような気もするが、うろ覚えだ。最低限の情報は必要だなとちょっと反省する。

「はい。吸収されたポルソ国はもともと財政も傾いて風前の灯火だったとはいえ、歴史ある国です。吸収合併は本意ではなかったかもしれませんね」

小国と軍事大国ならば対等な話し合いとは限らない。戦争が起こるよりはいいような気がするけれど、それでもその国民にしかわからない感情があるだろう。どちらかが一方的な正義や悪ではないのだから、外交というのは難しいものだ。

そういう世界に飛び込もうとするリリーも、否が応でもその中心にいなければいけないグラナートも、どちらも尊敬に値する。やはりエルナには地味で平凡な田舎貴族が性に合っているのだ。

しみじみと目を閉じて考えていると、エルナに降り注いでいた日の光がさっと遮られる。何事かと目を開ければ、そこには陽光を超える輝きを放つ美少年が立っていた。

「……こ、こんにちは」

何を言うべきか迷った末に挙動不審な挨拶をしてしまったが、グラナートは笑みと共に「こんにちは」と返してくれる。相も変わらず麗しいし律儀な王子様だなと感心していると、何故かリリーがその場を離れてしまった。

「リリーさんにお願いして二人にしてもらいました。少し話しておきたいことがありまして」

「は、はあ」

思考に耽っていたせいで、グラナートとリリーが話しているのにまったく気が付かなかった。

王子直々に話をしたいと言われて「嫌です」というわけにもいかない。返答は待つと言っていたし、ここは学園なので告白の件ではないだろう。

だが、リリーを遠ざけてまで話す内容の見当がつかない。

困惑するエルナの隣に腰を下ろしたグラナートが、エルナに顔を向ける。ただそれだけでさらさらと金の髪が肩を滑り落ちるが、その絹糸のような滑らかな動きに思わず目が釘付けになった。

「今、ディート王国の王族が我が国を訪問しています。それは知っていますか？」

「はい。リリーさんに聞きました」

今まさにその話をしていたのでわかったけれど、外交問題を語り合うのならエルナよりもリリーが適任なのだが。

「公式には魔力の育成機関の見学が目的です。そのため学園に通うことになります」

「他国からわざわざ見学ですか？」

軍事大国の学校の方が凄そうだが、一体何を見るのだろう。

「ヘルツ王国では国を挙げて魔力を使える者を育成しています。これは他国では見られない珍しい取り組みなのです」

そう言われてみれば、魔力を持っていれば平民も皆学園に通うという制度を他国の話で聞いたことはない。一年で半数も残らないという魔力特化の教育だし、興味を持って見学する国があってもおかしくないか。

「学園に通うということは、若い方なのですか？」

いくら何でも壮年の王族が生徒に交じって勉強するとは思えないので聞いてみると、グラナートはうなずく。

「僕達と同じ年頃の女性です」

他国に行ってまで学ぼうとは、何とも素晴らしい心意気の王女である。早々に落第を狙っていたエルナとは雲泥《うんでい》の差だ。

「そのアンジェラ・ディート第三王女が、妙なことを言い出しまして……ヘルツ王国の王子妃になってあげてもいい、と提案してきたのです」

「王子妃」

思いがけない単語に、エルナはぱちぱちと目を瞬かせる。

ヘルツ王国に王子と呼ばれる存在は二人。第一王子のスマラクトは王子よりも次期国王である王太子と呼ばれるし、その妃は王太子妃だ。となれば、王子妃と呼ばれるのは必然的に第二王子グラナートの妃ということになる。

ディート王国は近年、その軍事力で小国を吸収合併して領土を広げていると聞いた。その国と縁を結ぶのは、防衛面でも外交面でも国として悪くない話だろう。

わざわざこんな話をエルナにするということは、つまり――。

「……王女と結婚するから返事は不要、ということですか？」

絞り出した声は、自分が思った以上に弱々しかった。

「――それは違う！　ありえません！」

グラナートは間髪入れずに立ち上がって叫んだが、エルナは逆に落ち着いていた。

「国としてお断りする理由がありませんよね？　私は田舎の子爵令嬢にすぎませんし、私の家族に口止めすればすべてなかったことにできます」

グラナートがエルナに告白したのを直接知っているのは、テオドールくらい。ユリアは知っているがどちらでもいいと言っていたし、何もなかったことにするのは驚くほど簡単だ。

仮にエルナが妃になっても、グラナートのメリットはほとんどない。

聖なる魔力は公にはできないので、ないに等しい。実家に力があるわけでも、とびぬけて優秀なわけでもなく、隣に立って目を引くような容姿でもない。

対してディートの王女ならば、外交面でこの上ない強みになる。比較する必要すらないほど明確な差があるのは、エルナにだってわかった。

グラナートは何かを言いかけてため息をつくと、そのままベンチに腰を下ろす。

「僕はその話を受けるつもりはありません。妃は自分で選ぶ、と既に王女に断りを入れています。

ただ……」

グラナートが苦虫を噛みつぶしたような顔で、言葉を切る。

「……陛下が、この話を保留にしてしまいました。ディートは軍事力で周辺国を脅《おびや》かしていて、つい最近もポルソ国を吸収合併しています。きっと友好を保ちたいのでしょうね。父は小心者ですから」

さらりと国王への不満をこぼすと、グラナートは拳を固く握りしめる。

「公式に打診されたわけではないので、どうやら王女が勝手に言い出したようなのです。学園に通う以上、僕も完全に関わらないのは難しいでしょう。エルナさんにも接触してくる可能性が高い。だから先に話をしておこうと思いまして」

「私に？　何故ですか？」

グラナートに告白はされたけれどそれ自体が公になっていないし、エルナも返事をしていない。ただの学園の同級生でしかない平凡地味な子爵令嬢に、わざわざ関わってくるとも思えないのだが。

「それは、その……入学以来、僕が自分から話しかけたのはほぼエルナさんだけらしく。王女からも、それをほのめかすようなことを言われまして」

らしく、というからにはグラナートにその自覚はなかったのか。そして王女の耳に届くほどには周知されている、と。

これはエルナの学園生活的に、結構なピンチの予感なのでは？

「学園で声をかける女生徒がいるようだが、自分の方が僕に相応しいとか何とか。その時点では個人名は出ませんでしたが、それも時間の問題かと」

なるほど、つまりエルナは目の敵にされる可能性が高いというわけだ。

「王女と会ったことはないのですか？」

「正直、記憶にありません。ヘルツ王国に来た記録はないので、アレーヌ共和国で開催された芸術祭に行った時だとは思うのですが……もう何年も前ですし、正式な挨拶ではない。恐らく通りすがりに軽く言葉を交わした程度でしょう」

では王女は顔を見た程度の関わりで、グラナートに恋をしたのだろうか。それとも他に理由があるのか。

「……私は、どうすればいいのでしょう」

これが無関係の他人ならば、グラナートからそう伝えてもらって何も関わらなければいい。あるいは両想いだというのならば、堂々と王女に相対することもできるだろう。

そのどちらでもないからこそ、どうしたらいいのかわからない。

「何もしなくて大丈夫です。王女に何か言われたら、僕に話を通すよう伝えてください。もしも何かされたら、すぐに教えてくださいね」

「……わかりました」

エルナはうつむいて、うなずく。ただの同級生でしかない段階でグラナートに迷惑をかけるのも心苦しいが、どうなるかは王女と接してみなければわからない。

これがアデリナだったら。リリーだったら。圧倒的な美貌で王女も黙って引き下がるのだろうか。

自分が何をしたいのか、どうなりたいのか、頭が混乱してよくわからない。

グラナートはため息をつくエルナの手を取ると、そっと優しく握りしめる。

「あなたがどんな返事をするにしても、それを受け入れます。……ただ、僕が妃にと望んでいるのはエルナさんだけです。それだけは信じてください」

揺るぎなくまっすぐに向けられる柘榴石の眼差しに、エルナはただうなずくことしかできなかった。


グラナートと話をした翌日、中庭で過ごすエルナのもとにそれは早速やってきた。

「あなたが、エルナ・ノイマン?」

栗色の髪に翡翠《ジェイド》の瞳の美しい少女が、エルナに声をかける。

使用人と思しき青年を従えて偉そうに胸を張る様は、「話しかけてあげたことに感謝しなさい」と言わんばかりだ。

「はい、そうです」

「私はアンジェラ・ディート。ディート王国の第三王女よ」

「はじめまして、王女殿下」

エルナがベンチから立ち上がって礼をすると、アンジェラは上機嫌でうなずいた。

「……あなたなら、大丈夫ね」

そう言うと、アンジェラはエルナの横をちらりと見る。

エルナはリリーに髪を結われながら、アデリナと話をしているところだった。清楚系美少女のリリーと妖艶《ようえん》系美少女のアデリナは、いずれ劣らぬ麗しさ。アンジェラがグラナートの妃になろうとしているのなら、この美少女達が「グラナートが声をかけているエルナ・ノイマン」でないことに安堵したのだろう。

「何か御用でしょうか?」

「ええ、単刀直入に言うわ。グラナート様に近付かないでほしいの」

ある意味予想通りの言葉だったので、エルナは特に動じない。代わりにリリーは眉を顰め、アデリナはアンジェラに強い眼差しを向けた。

「その件については、殿下と直接お話ししてください」

グラナートに言われた通りに伝えたが、これはとらえ方によっては宣戦布告に等しいような気もする。だが正面切ってアンジェラと話し合うのもおかしいし、エルナの立場が定まっていない以上は何を言えばいいのかもわからない。

「たかが子爵令嬢が私に命令するつもり？　あなたが退学すればいいだけの話でしょう」

命令したつもりはないが、この様子では何を言っても火に油なのだろう。そしてグラナートに近付かないという話が、いつの間にか退学になっているのだが。

さすがは軍事大国の王女。押しも強いし、気位も高そうだ。これはなかなか面倒くさい。

「殿下に言われた通りにお伝えしているだけです」

退学はできればしたいけれど、聖なる魔力の存在が知られた以上は難しそうだ。もし可能なら是非手続きを進めていただきたいが、さすがにそれを言うのは憚られる。

「まあ、グラナート様があなたごときにこだわるとでも言うの？　大層な自信ね」

エルナに絡んでも時間の無駄だと思ってくれれば良かったのだが、かえってアンジェラの不興を買ったようだ。

「これは自信ではなく、物事の順序の問題だと思っています。殿下とご相談ください」

アンジェラとしては、グラナートの妃になるにあたって邪魔な存在を排除したいのだろう。だが、そもそもエルナはグラナートの妃になると決まったわけではない。それどころか好意があるのかどうか自分でもわからない状態だ。

エルナにちょっかいを出すよりも、グラナートにアピールした方が絶対に有意義だと思う。

「――そんなに落ち着いていられるのも、今のうちよ！」

アンジェラは赤い顔で吐き捨てるようにそう叫ぶと、ずんずんと歩いて行ってしまった。何とわかりやすい、自信家の王女様だろう。キャラとしては嫌いではないが絡まれるのは体力を消耗しそうだなと思いながら、ベンチに腰を下ろす。

「よく言いましたわ、エルナさん。何ならもっと強気に出てもよろしかったのに」

アデリナが珍しく頬を膨らませているが、それだけアンジェラの態度が不愉快だったのだろう。

何だかんだと最近ではエルナ達に付き合って一緒に話をしてくれるし、きつそうな見た目に反して優しいのが本当に可愛らしい。

「殿下の寵愛を一身に受けていますので、あなたの入る余地はありません。……とか？」

「悪くないですわ、リリーさん」

リリーの提案に、アデリナも乗り気だ。これは二人共アンジェラの物言いに相当苛立ったということなのだろう。

「嘘はよくありませんよ」

初対面で好印象を持つのは難しい感じの相手だったが、王族相手に嘘をつくのはどうかと思う。

するとエルナの髪を梳くリリーの手が止まり、アデリナと顔を見合わせた。

「もしかして、エルナ様は未だに殿下の気持ちがわかっていないのですか？」

「エルナさんは、殿下の心が離れると思っていらっしゃるの？」

「ちょっと待ってください。何故、殿下が私に好意があるかのような流れに⁉」

確かにグラナートに告白されはしたが、それを知っているのはテオドールとユリアくらいのはず。

それを何故、さも当然と言わんばかりに意見が一致しているのだ。

するとニ人はもう一度顔を見合わせ、そして可愛らしい顔に似合わぬ深いため息をついた。

「前にも言いましたが、殿下が自ら話しかけるのはエルナ様くらいです。それにエルナ様が攫われた時の反応からして、ただの同級生と言い張るのは無理があります」

「わたくしは立場上、長年殿下を見てきました。殿下にとってエルナさんは特別だと断言できますわ」

「ちなみに他の生徒達も薄々察していると思いますよ。だからこそエルナ様が目の敵にされていたのですから」

「あああ……！」

エルナは呻きながら頭を抱えて、その場にうずくまる。

誰にも知られていないから、どんな結果になろうとも学園生活に支障はないと思っていたのに。リリーやアデリナにはグラナートからの好意を知られ、他の生徒も薄々察しているだなんて。これでは何がどう転んでも、学園生活が大ピンチでしかない。

「……今から王女を追いかけて、どうにか退学できるよう直談判を」

エルナとアンジェラの利害は一致するわけだし、何とかなるかもしれない。混乱しすぎて妙な方向に希望の光を見出し始めたエルナの手をリリーが取り、アデリナに促されてベンチに座り直す。

「少し落ち着いてください、エルナ様」

「仮に王女が手を回しても、殿下が防ぎますわよ」

「うう……」

そんな気はするし、そもそも聖なる魔力があるので退学が認められるはずもない。

わかってはいるのだが、何だかもうつらい。

「エルナ様は、殿下がお嫌いですか？」

「嫌いではありません」

「では、好きですの？」

「好きでもありません。というか……わかりません」

聞かれるがままに答えるエルナに、美少女二人が揃って息を吐く。

「殿下はエルナ様のことをお好きだと思いますよ」

「それは言われました」

「ああ、きちんと伝えたのですね」

「え、ああ!?　あああ……」

話の流れでうっかり告白のことを言ってしまった。ほぼバレていたらしいとはいえ、一応は最後の砦を守っていたのに。ペラペラの紙程度の防御力しかなかったエルナの命は、もはや風前の灯である。

「アンジェラ王女には、もっと毅然《きぜん》とした態度で接してもよろしいと思いますわ。あちらは正式な申し出ではありません。いわば横恋慕《よこれんぼ》ですのよ」

さすがは公爵令嬢、既にアンジェラの情報は知っているらしい。

ただ横とか縦とかの問題ではなくて、そもそも恋路が成立していないのだが。

「殿下は最初からお断りしていると聞きました」

「では、問題ないのでは？」

不思議そうに首を傾げるアデリナは可愛らしいが、今はそれを堪能する余裕がない。

何も言えずにいるエルナの手に、そっとリリーの手が重なる。肌荒れ一つ知らぬ美しい指先はさすがヒロインといったところか。

「私達はエルナ様の味方ですから。あまり悩みすぎないでくださいね」

きらきらと輝く虹色の髪に癒されて、エルナはゆっくりとうなずいた。


「やっぱり、綺麗な色ですよね」

授業を終えたエルナは、廊下を歩きながらため息をついた。

リリーの美しい虹色の髪は、この世界の中心である証。たくさんの苦労と共に、その先の幸福が確定している。リリーがヒロインで、続編は「国を救う」展開となると、やはりグラナートがメイン攻略対象としてしっくりくるだろう。

この時期にやって来たのだから、アンジェラは続編の悪役令嬢という可能性もある。軍事大国の王女と平民だなんてなかなかの身分差だし、それを覆すヒロインはちょっと見てみたい。

いいや、現在グラナートが好意を向けているのはエルナだとリリーが把握している以上、エルナが悪役令嬢のポジションにいるというのも否定できない。

「……だから、告白したのでしょうか？」

続編でヒロインの恋の障害になるため、幸せを掴む踏み台として……グラナートはエルナに好意を持ったのだろうか。

そんな移り気な人には見えないし、グラナートの言葉には気持ちがこもっていると思う。リリーだって優しい子だし、グラナートがエルナに告白したと知った上で奪い取るような人間ではない。

だが本人の人柄がどうであろうと、この世界がそれを望めば好意も倫理観も一瞬で覆るのかもしれない。

だってここは、乙女ゲーム『虹色パラダイス』の世界なのだから。

「あれ、エルナ。一人なの？」

軽い口調で近付いてくるヴィルに、少しばかり面倒だなという気持ちが生まれる。ただでさえモヤモヤしているのだから、これ以上ややこしいことを言う人に関わりたくない。

とはいえ無視するわけにもいかず、エルナは不本意ながら礼をした。

「そんな顔しないでよ。公衆の面前でプロポーズなんてしないからさ」

「……既にしましたよね？」

「してもいいなら、今すぐするけれど？」

「嫌です、やめてください」

思わず即答するとヴィルは一瞬驚き、そして困ったように笑った。

「エルナは正直だなあ。俺は嫌いじゃないけれど、貴族社会ではもう少し本音を隠した方がいいかもね」

「それはそうなのですが……ヴィルも結構規格外ですよね」

ノイマン領の時点でエルナを貴族令嬢と把握していたのかはわからないが、どちらにしても貴族が公の場でプロポーズするなんてそうあることではない。こちらはグラナートと違ってエルナに好意を持っているという感じではないので、一層意味がわからなかった。

「それは否定しないけれど、嘘は言っていないよ？」

つまりだいぶ非常識であることは承知の上で、エルナへのプロポーズは本気ということになる。

それはそれで面倒なので、いっそ悪趣味な冗談なのだと笑ってほしかった。

「ほらほら、ため息が漏れているよ」

「ああ、すみません。地味で取り柄のない平凡な田舎貴族が勘違いするなよ、とか罵ってほしいと思ってしまいました」

もはや建前を取り繕う気力も起きずに正直に言うと、ヴィルは楽しそうに笑いだした。

「エルナは面白いなあ。グラナート王子もそういうところが気に入っているのかな」

グラナートの名前を出されたことで思わず肩がぴくりと揺れるが、ヴィルはそれに気付いているのかいないのか笑顔のままだ。

「でも公爵令嬢との婚約話が持ち上がっていると聞いたし、ディートの王女との縁談もあるんだろう？　まあ一国の王子が自由気ままにお相手を選ぶなんて、夢のまた夢だよね」

公爵令嬢との婚約に、王女との縁談。

あらためられて突きつけられたその事実に、エルナの表情が強張る。恋人でも何でもないエルナには関係ないと言えばいいだけなのに、上手く言葉が紡げない。

「もう少しだけなら待てるから。……よく考えてみて」

ヴィルはすれ違いざまに耳元でそう囁《ささや》くと、笑顔で手を振って立ち去る。

いつまでも廊下で立ち尽くすわけにもいかず、エルナもゆっくりと足を動かした。

「……公爵令嬢って、アデリナ様でしょうか」

もともとグラナートの婚約者候補筆頭だったというし、容姿に身分に立ち居振る舞いまで完璧な淑女《しゅくじょ》だ。軍事大国の王女との外交的な繋がりに対抗できるのは、もはやアデリナくらいしかいないと言ってもいい。

本人はテオに恋しているようだが、アデリナもまた国でも有数の名門貴族令嬢。『自由気ままにお相手を選ぶのは夢のまた夢』という立場の一人だ。必要に迫られれば、互いに相応しい相手を選ぶのが当然なのかもしれない。

エルナだって貴族の端くれなので、結婚が本人の意思を必ずしも尊重しないということくらい重々承知していた。

「こんな風に悩むということは、少なからず好意があるのでしょうか……？」

グラナートが伝えてくれた気持ちに偽りは感じられない。エルナもまたグラナートが嫌いなわけではない。

だが、人の気持ちはうつろうもの。

まして王族ともなれば、一時の感情に流されてはいけないのだ。

「本当に、私はどうしたいのでしょうね」

ため息をつきながらも校舎を出ると、エルナは空を見上げて呟いた。

✦第四話✦ 本当の気持ち

「レオン兄様。殿下と公爵令嬢の婚約話があると聞いたのですが、本当でしょうか？」

ノイマン邸に帰るなり書斎を訪れたエルナの問いに、レオンハルトは手にした書類を置いて肩をすくめた。

「まずは座りなさい、エルナ。お茶を用意させよう」

ソファーに座るとほどなくして、ゾフィが紅茶とお菓子をテーブルに並べる。レモンが練り込まれたクッキーは美味しそうだが、今は口をつける気になれない。

「スマラクト殿下の母親である側妃の悪行が枷となって、反スマラクト殿下派の有力貴族内でグラナート殿下を次期国王に推す流れがあるらしい。その方面から、ミーゼス公爵令嬢を伴侶にしろという圧力があるのは事実だよ」

ああ、やはりアデリナがそうなのだ。

エルナはティーカップを持ったまま、紅茶から立ち上る湯気をぼんやりと眺める。

「王都のある王領の隣は、ミーゼス公爵領とザクレス公爵領。この二つの家門が、ヘルツ王国の最有力貴族と言っていい」

テーブルに広げられた簡易的な地図には、王都を囲むように二つの公爵領が並んでいる。交通の要衝であり、物流の起点であり、王都防衛の要。

エルナの目から見ても重要な土地を任されているというのがよくわかる。

「次期国王は第一王子のスマラクト殿下とされているが、亡き王妃の子であるグラナート殿下がミーゼス公爵家を味方につければ王位継承順を見直す可能性も高い。だから今のうちに殿下を潰そうと、スマラクト殿下派に狙われているようだね」

「後ろ盾であるミーゼス公爵家が重要なら、そちらをどうにかした方が確実なのでは？」

そもそも周囲が争ったところで、グラナート自身が王位を望まない限りは意味がないだろう。

「スマラクト殿下派の筆頭は、側妃の実家であるザクレス公爵家。互いに貴族社会に大きな影響を持っている以上、安易に攻撃すればかえって自滅しかねない。それならばミーゼス公爵家が後ろ盾になる前にグラナート殿下を直接狙った方が話が早い、ということだろうね」

王太子が定められているのにこれだけの諍《いさか》いが起きるからには、スマラクトが実際に即位でもしない限り事態は落ち着かないのかもしれない。グラナートが身を守るのに一番確実な方法は、ミーゼス公爵家の助力を得ることだろう。

「殿下はありえないと言っていましたが。……本当でしょうか」

「本当じゃないかな。

レオンハルトはあっさりと肯定すると、クッキーを頬張っている。

「グラナート殿下は、スマラクト殿下から次期国王の座を譲りたいと相談されたらしい。だが断ったと言っていた」

この口ぶりだと本人から直接話を聞いたのだろう。領地での剣の稽古の時くらいしか二人の接点はなさそうだが、あの時に情報交換をしていたということになる。

王太子が弟王子に次期国王の座を譲ろうとしているのも、それを断ったというのもかなりの衝撃だ。

それでもグラナートが狙われているということは、スマラクト派は本人の意見とは別の動きをしているということであり、事態はよりややこしくなっている。

「王位が欲しければ、ミーゼス公爵令嬢と婚約してスマラクト殿下の申し出にうなずくだけでいい。でもグラナート殿下はそれを望んでいない。……だから、心配ないよ」

優しくなだめるようなレオンハルトの言葉にほっと胸を撫でおろし、同時にそれが心に引っかかる。

エルナは今、何故安堵したのだろう。

アデリナはテオのことを想っているから、政略結婚でその恋路が絶たれないのは良かった。でも、本当にそれだけだろうか。

理由を見つけたいのに、心がざわついて上手く考えがまとまらない。

「こういう時は、眠るのが一番です」

エルナは自分を無理やり納得させると、自室のベッドに潜り込んで目を閉じた。

初対面で退学しろと言ってきたアンジェラは、ある意味期待通りの嫌がらせをしてきた。田舎貴族と罵られ、足をかけられては転び、泥水を制服にかけられ、教科書がいくつかなくなる。

――こんな定型の嫌がらせをされる日が来るとは。

以前、グラナートに『名前を呼んでくれ攻撃』をされていた時に、令嬢達に嫌がらせっぽいものをされていたことがある。だが聖なる魔力が悪意を中和するおかげで、どれもこれも嫌がらせというには疑問の残る所業だった。

それが今回はどうだ。ちゃんと転んだし、泥水で汚れたし、教科書もどこかに行っている。嫌味だって、あの時の比ではない。何だか新鮮で、エルナは楽しくなっていた。

リリー達にグラナートからの告白がばれてしまい、アデリナや自分が悪役令嬢かもしれず、引き続き貴族令嬢達にも嫌味を言われ続ける。自分の気持ちすらはっきりせずモヤモヤするこの状況で、アンジェラのわかりやすい悪意と嫌がらせは逆にちょっとした癒しになっていた。

徹夜続きで気分が高揚するのに近いかもしれない。嫌がらせハイ状態である。

次は何が来るのだろうとわくわくしながら待つエルナを見て、アデリナとリリーは怒り、呆れていた。

「大人しく嫌がらせを受ける必要なんてありませんのよ？」

「そうですよ。報復してもいいくらいです」

いつものように中庭のベンチで休憩をしていたのだが、アデリナは腰に手を当てて仁王立ちし、リリーはエルナの制服の上着を拭いている。いつの間にか、制服の上着に鳥の糞のようなものが落とされていたのだ。

「えー、だって何だか面白くて。それにこの鳥の糞も凄くありませんか？　どこで採取して、どうやって運んだのでしょう。空気に触れたら乾燥するので、密閉するか湿度調整したはずです。手間暇がかかっていますよねえ」

笑顔のエルナに、二人はため息をついた。

「エルナ様は以前から結構アレでしたけれど、やっぱりアレですねえ。……ちょっと上着を脱いでもらえますか？　拭いても落ちないので、洗ってきます」

「え、いいですよ。自分で洗いますよ？」

「いいえ、こういう汚れにはコツがあります。任せてください」

リリーは颯爽《さっそう》とエルナの上着を持って行ってしまう。鳥の糞付きの上着を持っていても麗しいのだから、さすがである。

「落ち込んでいるよりはマシですけれど。……そういえば、殿下にはもちろん伝えていますわよね？」

「いいえ？　特に困っていないので」

「言っていないのですか！」

アデリナは頭を抱えると、首を振る。揺れる銅の髪が美しくて、エルナは幸せな気持ちでそれを見つめた。

「もう！　わたくしが殿下に報告しますわ。エルナさんはリリーさんを待っていてくださいませ」

「えー、別にいいのですが」

「待っていて、くださいませ！」

「……はぁい」

アデリナの迫力に押されて返事をしたエルナが、ぽつんとベンチで待つことしばし。

突然、頭上からバケツと共に水が降ってきた。

大量の水は鈍器に近い攻撃力。濡れるとか息苦しい以前に首にかかった力に、エルナの喉から「ぐっ」という呻き声が漏れる。液体が地面に衝突する音と共にバケツが跳ね、エルナの足元に転がってきた。

バケツが直撃していたらさすがに無傷ではいられないだろうから、運が良かったと言える。

「……これは、ばっちり濡れましたねえ」

エルナは水が滴る前髪をかき分けると、感嘆の息を漏らした。自然にバケツと水が降ってくることはない以上、これもまた嫌がらせの一環なのだろう。

「こんなに完璧にバケツの水をかぶることなんて、そうそうない経験です。この量の水は重そうですけれど、よく運んだものですね」

足元に転がるバケツを拾って検分すると、エルナはうなずく。誰でも使用可能な備品のバケツだ。もともとここにあったと言っても問題ないし、あからさまな証拠を残さぬようにしているのはポイントが高い。

さすがは王女、とエルナは感心した。

「それにしても、水をかけてどうするのでしょう。風邪を引かせたいのか、あるいは泣かせたいとか……？」

そういえば、以前にリリーとそんな話をしたことがある。

『覚悟なんて必要ありません。自分が正しくて相手が悪いのですから。あの人達にとっては、攻撃ではなくて正当な是正なのです』

「なるほど、これで悔い改めろということですか。では相手の望む状態になるまでは続く、と考えるべきなのでしょうね」

それはそれで面白い気もするが、あまりエスカレートして危険なものになるのはさすがに困る。

制服のスカートの裾を絞りながらどうしたものか考えていると、人影が近付いてきた。

「あら、田舎貴族はこんなところで水浴び？　はしたない。王子妃には相応しくないわ」

おそらく様子を窺っていたのであろうアンジェラが、護衛と思われる青年と共にエルナの前に立った。完全犯罪を貫くのならば顔を見せない方がいいと思うのだが、犯人は現場に戻ると言うし、やはり結果を確認したくなるのだろう。

特に今回はエルナをグラナートから離れさせるのが目的なのだから、偶然の事故だと思われても困るはずだ。アンジェラは軍事大国の王女なので、バレても問題ないというのも大きい。

「井戸からここまで遠いのに、ご苦労様でした。この量のお水はかなり重いですよね？」

「な、何の話」

「はい。そこそこ重かったです」

「ルカ、何を言っているの！」

黒髪に紅玉髄《カーネリアン》の瞳の青年を、アンジェラが叱りつける。ルカと呼ばれた青年は、どうやらアンジェラの嫌がらせに乗り気ではないらしい。

「それと、明日使うので教科書の在処を教えてもらえるとありがたいのですが」

「いやね、何の話かしら」

「既に戻しておきましたので、ご心配なく」

「あら、ありがとうございます」

「――ルカ！」

再びアンジェラが叱りつけるが、ルカはまったく気にしていない様子だ。恐らく教科書を隠したのもルカなのだろうが、アンジェラの指示に従っているようでそうでもない。

主従のはずなのに、何だか不思議な関係である。

「私のために手間暇をかけていただいて申し訳ないのですけれど、この件は殿下にご相談くださ い」

何せエルナはグラナートへの気持ちがはっきりしていないので、妃云々を話し合う土俵にすら立っていない。頑張ってもらっても、アンジェラの時間を無駄に使うだけである。

濡れて濃さを増した灰色の髪を絞りながら微笑むと、アンジェラは眉を顰めた。

「随分と余裕があるみたいね。グラナート様に捨てられない自信があるということかしら」

「いいえ。嫌がらせが面白かっただけで、別に余裕があるわけではありません」

そもそも捨てられる前に拾われていないのだが、それを言うとややこしくなるのでやめておこう。

「……私が嫌がらせをしているのは、わかっているのよね？」

「はい」

即答すると、アンジェラは一瞬言葉に詰まる。あれだけわかりやすい行動で隠せたと思っているのだろうか。抜けているところはちょっと可愛いかもしれない。

「グラナート様には言っていないの？　何故？」

「何故と言われましても。新鮮で面白かったというのが一番ですが。……殿下の手間をとらせたくありませんでしたし」

王子と子爵令嬢という身分差を考えれば、安易に頼りにするのはどうかと思う。告白の件と本人の言葉を加味して考えると問題ないのかもしれないが、そもそもその告白自体が保留なのだ。

答えはまだ出ないけど手だけは貸してなんて、あまりにも都合がいい気がする。

「――エルナさん！」

鼓膜を震わせる美しい声に顔を向けると、グラナートがこちらに向かって来るところだった。走るたびに揺れる金の髪が陽光を弾き、キラキラと光がこぼれ落ちる。

まったく、何をしても麗しいのだからとんでもない王子様だ。

「これは、どういうことですか？」

ずぶ濡れのエルナを見て、グラナートの表情が曇っていく。アデリナの話を聞いて来たのなら、この状況は容易く読み取れるだろう。アンジェラの顔色がみるみる青くなっていくのが、エルナにもわかった。

「バケツをひっくり返してしまいました。びっくりですね」

「――は？」

エルナの一言に、グラナートだけでなくアンジェラの声まで裏返る。

「バケツに水を入れて運んだら、ひっくり返してしまいました。着替えは持っていないので、このまま帰ろうと思います。それでは失礼いたします」

深々とお辞儀をして歩き出すと、呆気にとられたグラナートが慌てて追いかけてくる。

「待ってください」

グラナートはエルナの進路を阻むように立つと、その手を掴む。

「このままでは風邪を引きます。とりあえず、こちらへ」

「大丈夫ですよ。私、頑丈なので」

田舎育ちは伊達ではない。暑さ寒さにも強いし、一般的な貴族令嬢と比較したら体力も桁違いのはず。濡れたまま一晩吹きさらしの風を浴びたらさすがに体調を崩すだろうが、帰宅するくらい何の問題もない。

「……この場で僕に制服を脱がされたくなければ、黙ってついてきてください」

「え」

常に物腰柔らかで穏やか律儀な王子とは思えぬ台詞に、言葉を返せない。どうやらかなり怒っているらしいグラナートは、そう言うとエルナの手を引いて歩き出した。

グラナートは無言のまま校舎に入ると廊下を抜けて、普段見たことのない扉の奥へと進んでいく。

調度類の質からして、王族専用のスペースなのかもしれない。

繊細《せんさい》な草木の彫刻が美しい深紅の扉を開けると、そこには数名の使用人らしき女性が控えていた。

「着替えをお願いします。終わったら、僕のところへ」

グラナートはそれだけ言うと、エルナを置いて部屋を出て行く。

「エルナ・ノイマン様でございますね。こちらへどうぞ」

ずぶ濡れのエルナは、微笑む侍女達に促されて部屋の奥へと歩を進めた。抵抗する間もなく制服を脱がされ、丹念にタオルで拭かれる。おかげでエルナの髪はすっかり乾いたし、体もタオルマッサージのおかげで温かくなってくる。

どうしようもないのでされるがまま任せていると、どこからか女性用のワンピースが用意された。ここは学園なのに何故こんなものがあるのか、謎でしかない。

「この服は誰の何用なのでしょうか。お借りしても大丈夫ですか？」

「第一王女殿下の予備の服です。一度も袖は通しておりませんので、お気になさらず」

第一王女の名前は確か、ペルレ・ヘルツ。

王女としての彼女とは面識がないが、王都でのお忍び姿なら見たことがある。刺繍糸の店『ファーデン』に向かおうとしていたが、金の髪に真珠《パール》の瞳が輝く美しい女性だった。

あの美女が着るにしては地味な色とデザインだが、本人が神々しく美しい場合には服の方をこれくらい落ち着かせないとバランスが悪いのかもしれない。とはいえ、何を着ても結局麗しいのだろうから、美貌の一人勝ちではある。

考え込んでいる間にも、侍女達は手際よくエルナの身なりを整えていく。何故か綺麗に髪まで結われて、あっという間に着替えが終わってしまった。

制服は乾かしておくので預かると言われ別の部屋に案内されると、そこにはソファーに座ったグラナートが待っていた。

侍女に促されて向かいに腰かけるが、グラナートは無言のまま。

人間離れした美しさに圧倒されるし、何だかとても気まずい。空気が重いという言葉があるが、美しいと重さも割り増しされるのだろうか。

頼みの綱である侍女は紅茶を用意すると素早く退室してしまい、部屋には二人きりだ。

「……あの、殿下」

美貌の圧力と沈黙に耐えられずに声をかけると、グラナートが眉間に皺を寄せたままエルナを見る。

「怒って、いますか？」

「怒っていますね」

即答されてしまい、エルナは萎縮《いしゅく》する。こんな風に感情を露にするグラナートに接したのは、初めてかもしれない。

いつもの穏やかで律儀な王子様はどこへやら。エルナの前に座っているのは不機嫌を隠そうとしない、ある意味では年相応の反応をする美少年だった。

「何かあれば言うように、と伝えましたよね？　アデリナさんによれば色々とあったようですが。何故、僕に言わなかったのですか」

「普通の嫌がらせが、ちょっと面白くなりまして。……つい」

自分で言っていてもこの理由はどうかと思うが、事実なので仕方がない。

恐る恐る答えると、グラナートは大きなため息をついた。

「万が一、何かあったらどうするのですか」

「アンジェラ様も、今のところはそこまで危険なことはしないと思うのですよね」

「やはりアンジェラ王女の仕業ですか」

グラナートは再びため息をつくと、ティーカップに手を伸ばす。美貌の圧が少し緩んだことで、エルナもまた小さく息を吐いた。

「……先日、アンジェラ王女にエルナさんを側妃にしてやってもいい、と言われました」

「それはまた、随分と譲歩してきましたね」

そもそもエルナは妃どころか告白保留のただの同級生だが、一旦それは置いておく。

大国の王女は田舎貴族が側妃として肩を並べるなんて不愉快だろうし、実際気位の高そうなアンジェラがそれを望むとも思えないのだが。バケツの水をかけたのは、仕方なく認めるけれど序列ははっきりさせたいということかもしれない。

あるいはただの憂《う》さ晴らしか。

「冗談ではありません。僕は側妃を持つつもりはない」

そう言うグラナートの表情は険しい。グラナートにとって『側妃』は、母である王妃を死に至らしめた存在だ。エルナが思う以上に、その響きは彼を苛むのだろう。

「今度の学園の夜会にはアンジェラ王女も参加します。僕はエスコートを依頼されましたが、断りました。その腹いせの意味もあるのかもしれません」

そう言うと、柘榴石の瞳がエルナをじっと見つめる。先程までの不機嫌は鳴りを潜め、いつもの律儀な王子様の顔に戻っていた。

「エルナさんが嫌がらせをされたのは僕のせいです。……すぐに助けられなくて、すみませんでした」

頭を下げるグラナートに、エルナは慌てて首を振る。

「私こそ、普通の嫌がらせを楽しんでいてすみませんでした」

自分でもおかしな謝罪だなと思うが、グラナートにとっても同様だったらしく苦笑いを浮かべている。

「あの……」

「どうしました？」

「殿下はどうして私に構うのですか？　ワンピースまで貸していただいて……」

アンジェラが嫌がらせをするのは、本人が選択した行動。

同じくそれを楽しんでいたのも、エルナの選択。

確かにグラナートとの関係が発端ではあるのだろうが、別に責任を取る必要はない。優しい人だからずぶ濡れのエルナを放置できなかったのだとしても、タオルでも渡せば十分すぎるくらいなのに。

するとグラナートは困ったように笑った。

「エルナさんが、好きだからです」

まっすぐに見つめられながら放たれたその言葉に、エルナの鼓動が跳ねた。

「自分のせいで好きな人が被害を受けている時点で腹立たしいのに、その人は僕に相談すらしてくれない。八つ当たりだとわかってはいますが、寂しい気持ちですね」

「……すみませんでした」

嫌がらせは何となく面白かったし、大きな被害もないし、身分の差からの遠慮もある。

無用な心配をかけたくないので何も言わないでいたが、最初に何かあれば言うと約束したのだから、エルナの判断が間違っていた。そのせいでグラナートに更に心配をかけてしまっている。

本末転倒。浅はかな自分の考えが恥ずかしい。

「謝らなくていいので、これからは僕に報告してくれますか？　エルナさんの出す答えは別にして、僕のせいであなたが被害を受けるようなことは絶対に避けたいので」

グラナートは王子だ。

たった一言「婚約しなさい」と言えば、エルナはそれに従わざるを得ない。

それなのにエルナに考える時間を与え、無理強いをせず、更に申し出を拒否されたとしてもその後の安全に気を配るという。もはや優しいからとか律儀だからという次元を超えたそれは、紛れもない好意の形なのだろう。

身分の差があるから、乙女ゲームの世界だから。そう言って逃げ腰だった自分が情けない。

グラナートはエルナが無理をして好意を受け入れても、きっと喜ばない。身分や国益を超えて、エルナの心を待ってくれているのだ。

だからこそ、エルナも自分の気持ちに正面から向き合わなければいけない。

「ありがとうございます、殿下」

どんな結論に至ろうとも、悔いのないように。

エルナは決意を胸に水宝玉の瞳を細めた。


学園には乙女ゲームらしいイベントがいくつかあるが、今日の夜会もその一つだ。

夏休み後の開催なのである程度人数が絞られてちょうどいいのか、あるいは単に入学直後ではパートナーを探しづらいと配慮してくれたのか。実際はヒロインが攻略対象とそれなりに仲を深めた後にもう一押し、という使われ方なのだと思う。

学園の夜会なのにその会場が王宮の広間なのは、恐らく一作目のメイン攻略対象が王子だったことに起因しているのだろう。

王宮という非日常の場。更に制服で接していた相手の盛装を見るとなれば、恋心も絵面もレベルアップ間違いなしである。日本で言えば、夏祭りで浴衣デートだろうか。それはときめくし盛り上がる。

さすがは乙女ゲームと納得すると、エルナは自身の装いに視線を落とした。

濃い目の黄色を基調にしたドレスは、スカート部分の裾と胸元に紺色の刺繍が入っている。植物を模したそれに合わせるように、黄色の生地で作られた小さな花も散らされていた。ウエスト部分にも同じ紺色のリボンが巻かれ、腰で結ばれたそれの端は背に垂らされる。髪にも紺のリボンと黄色の花が飾られ、首元には母のお下がりのネックレス。

色こそそれなりに明るいが特に凝ったデザインでも装飾でもないので、ドレスアップした貴族令嬢に紛れれば壁紙と大差ないだろう。仮に豪華絢爛《ごうかけんらん》な衣装だったとしても、着るのがエルナである以上は平凡地味になるはず。

そう確信せざるを得ないのは、隣に立つグラナートのせいだ。

白を基調とした上着は、制服とそこまで変わらない色合い。それなのに溢れる色気と迸《ほとばし》る高貴な気配が増量されているのは、王子の盛装だからだろうか。だがグラナートが無地の白Tシャツを着たとしても、色っぽいし上品な気がする。

さすがの顔面攻撃力。神の化身と呼ぶべき麗しい相貌にかかれば、服など些事《さじ》。いっそ何も身に纏《まと》わなくても、その美しさが陰ることはないのだ。

……いや、素っ裸だと別の問題が発生するので、とりあえず何か着てほしいけれど。

ここまで圧倒的な美少年に告白されたのにひとめぼれして即答しないあたり、それはそれで自分が恐ろしい。

どうでもいい思考に耽《ふけ》っていると、少し離れて控えるテオドールが何やら楽しそうに微笑むのが目に入った。その視線をたどった先にいるのは、笑顔のグラナート。

この笑みのためなら国を滅ぼしてもいいと言う人がいても否定できないし、若干納得してしまう。本当にどうしてこんなに美しいのかわからないが、そんな人がエルナに好意を向けているなんて、神様のいたずらどころか大失態でしかない。

するとエルナの視線に気付いたらしいグラナートが、あろうことかその無敵の笑顔を近付けてきた。

「そのドレス、とてもよく似合っていますね。可愛いです」

この舞踏会会場に入った時点で、既に一回ドレスを褒められている。

それはごく一般的な社交辞令の言葉でありながら、エルナの急所に見事な一撃を食らわせたのだが、ここにきてまさかの追撃。二度も褒めた上に光り輝く笑みとなれば、いくら何でもそれが社交辞令だけではないと気付かざるを得ない。

つまり、よく効く。

エルナは突然激しく活動し始めた心臓を抑えるべく、ぎゅっと胸に手を当てた。

「ありがとうございます。でももう少し控えていただけると」

「控える？」

グラナートが不思議そうに首を傾げたせいで、その美しさに耐えきれずあちこちの女生徒から悲鳴にも似た歓声が上がった。エルナだって本来ならああして壁際から美貌の王子を見てキャーキャー……は言わない気がするけれど「凄いなあ」と感心していたはずなのに。

人生って、何が起こるかわからない。

心の中でため息をついていると、エルナの視界に人影が割り込んできた。

「グラナート様、私と踊ってください」

いつの間にかエルナの……というよりもグラナートの前に立っていたアンジェラだが、そのドレスは実に華やか。隙間など一切許さないと言わんばかりに刺繍にフリルにレースがふんだんに使われ、それに飽き足らずいくつものキラキラした石が散りばめられている。

エルナは疎いのでよくわからないけれど、恐らくは宝石。かなり大きなものもあるので、それだけで刺繍糸の店を何軒も買い占められそうだ。

そしてその生地の色は、目に鮮やかな深紅。グラナートの瞳に似たその色に周囲はざわめくけれど、それも当然だ。

親密な関係の相手に瞳や髪の色のドレスや装飾品を贈るというのが、この世界では一般的。もちろん偶然の一致もあるだろうが、アンジェラの場合にはグラナートの妃になるために訪問している。

それ自体は伏せられて学園の見学という形とはいえ、誰が見てもグラナートに好意があるのは明らか。それが公の場でグラナートの色を身に纏ってきたのだ。

グラナートがアンジェラに自身の色を贈ったか、アンジェラが自らその色を選んだか。どちらにしても何もないとは思えない。一体どうなるのだろう、と周囲の視線が一気に集まるのがわかった。

衆目の中、アンジェラがグラナートに手を差し出す。隣にいるエルナが存在しないかのように自然に、当たり前のようにその手が伸ばされる。

実に強気な態度だが、その手はかすかに震えていた。

「アンジェラ王女。例の申し入れを撤回しない以上、あなたの手は取れません」

「私はディート王国の王女なのよ？」

「そうですね。そしてここはヘルツ王国です。今のあなたが他国での正しい振舞いをしているとは思えません」

グラナートの冷たい声に、アンジェラが言葉に詰まる。

「私は――」

アンジェラが何か言いかけた、その時。

豪華なドレスの後方から突然見知らぬ男が姿を現し、勢いよく剣を振りかぶった。

その一瞬にグラナートはエルナの前に腕を出してかばい、駆け寄ったテオドールが抜剣する。エルナが口を開くよりも早くアンジェラの横に控えていたルカが男の腕を叩き、剣が床に転がっていく。

石の床に響く音で金縛りが解けたように、周囲から一斉に悲鳴が上がった。

慌てふためく貴族達の方へ向かう男を、ルカもすぐに追いかける。

「エルナさんは下がっていてください。――テオ」

グラナートの声に弾かれるようにテオが走り抜け、グラナートもそれに続く。

逃げる貴族達の手前で男に追いついたルカが注意を引く間に、グラナートが伸ばした手から炎が一筋走る。頬を焼かれた男が叫んだ隙にテオドールが飛び掛かって男を床に倒すと、少し遅れて騎士達が追い付いた。

あっという間の出来事に、エルナは声が出ない。

これはどういうことなのか。一体何が目的なのだろう。

グラナートの後ろ盾が弱いうちに排除しようとする、スマラクト派の仕業かもしれない。話には聞いていたが今更になって怖くなり、エルナは小さく震えながらぎゅっと拳を握り締めた。

すると、視界の隅で何かが動く。

反射的に顔を向けると、そこには取り押さえられた男に釘付けのアンジェラ。その奥に、短剣を持った別の男。

シャンデリアの光を受けてきらりと光る刃に、エルナの背筋を寒気が撫で上げた。

「――駄目！」

咄嗟《とっさ》に手を伸ばしてアンジェラを思い切り押すと、短剣はエルナの腕をとらえて切りつけた。剣がぶつかる衝撃と焼けるような熱さに、思わず呼吸が止まる。

舌打ちをした男が再度短剣を振るおうとするのを見て、エルナはその手の上から短剣を握りしめた。

「――放せ！　ポルソの恨み、晴らしてやる！」

憎悪の眼差しはまっすぐアンジェラに向いている。男は短剣を激しく動かしてエルナの手を振り払おうとするが、抱えるように体重をかけて必死に押さえ込む。

痛いし、怖いし、何が何だかわからない。

だが、狙いは間違いなくアンジェラだ。エルナが手を離せば、この男は短剣で攻撃をしてくる。そうなれば到底太刀打ちできないだろう。

声すら出せずに震えるアンジェラが対応できるとも思えないし、この手を放すわけにはいかない。

早く応援を呼びたいけれど、騎士も貴族達も取り押さえられた男の方に集まっている。声をあげたいところだが、歯を食いしばって全力で押さえなければすぐに弾き飛ばされてしまう。

呼吸すらままならなくて、うめき声が口から漏れる。

切りつけられた腕から血が滴り、エルナのドレスに赤い水玉模様が増えていく。

「――この！」

業を煮やした男はエルナの体に体当たりし、よろめいた体を蹴り飛ばす。エルナが床に倒れこむと同時に、堰を切ったようにアンジェラの悲鳴があたりに響いた。

「――エルナさん⁉」

遠くでグラナートの声が聞こえる。

短剣を持った男はグラナートの声に反応して一度は逃げようと体を捻ったが、無傷のアンジェラに未練があるらしく、険しい視線を向けて舌打ちする。その一瞬の遅れのせいで、すぐに警備の騎士に取り押さえられた。

ディートだのポルソだの色々叫んでいるのは聞こえるが、床に倒れたままのエルナはそれどころではない。

切り付けられた腕が痛いし、熱い。

どくんどくんと傷が脈打ちその度に痛みが増していくのを、ただ唇を噛みしめて耐えるのが精一杯だ。即死するような出血量ではないと思うけれど、痛みはいつまで続くのだろう。

まだ血が流れているのだから圧迫止血するべきかもしれないが、ただでさえ波打つ痛みで意識が飛びそうなのだ。ここで傷を押さえたら絶叫しながら泣く自信がある。

どうにか痛みから思考を逸らそうとはするけれど、結局はそれしか考えられない。

「エルナさん！」

叫び声と共に抱き起され、いつの間にか閉じていた目を開けると、そこには麗しい相貌があった。

……うわあ、綺麗な顔。

完全に現実逃避でしかないが、今は少しでも気が逸れるのはありがたい。

「リリー・キールを呼べ！」

その叫びに、周囲の使用人と騎士が慌ただしく動く。

グラナートがこんな風に荒い言葉遣いなのを見たことがないし、そもそも何故リリーを呼ぶのだろう。美貌の力で痛みの緩和を図るのならアデリナも追加してほしいし、アンジェラとヴィルも並んでもらえると助かる。

地上の楽園、ここにあり。

まさにこの世界は虹色パラダイスだ。

心配そうに見つめるグラナートに邪な欲の力でどうにか引きつった笑みを返すと、エルナを抱く手に少し力がこもった。

「エルナ様⁉」

「リリーさん、お願いします」

虹色の髪を揺らして駆け寄って来たリリーに、グラナートが何かを頼む。するとリリーはエルナの傍らに膝をつき、その手を傷にかざした。

動きに合わせてふわりと甘い香りが鼻をくすぐり、それだけで気持ちが楽になる。いや、気持ちだけでなく痛みも引いているような……？

気のせいだろうかと真剣な表情のリリーを見ていると、やがてその顔に安堵の色が浮かんだ。

「これで大丈夫です。エルナ様、痛みはありませんか？」

「え？　……ない、です」

さっきまでグラナートの美貌の力でも完全には消せない痛みと熱さだった傷が、今は何ともない。

慌てて目を向けると、腕に血はついたままだが傷らしきものが見当たらなかった。

「あら？」

思わず反対の手で傷があったはずの場所に触れるけれど、やはり何ともない。

「私は治癒の魔法が使えるのです。大事に至る前に治せて良かった……」

「治癒、ですか」

リリーが並々ならぬ魔力を持っているというのは知っていたが、これはまた実にヒロインらしい魔法だ。

……まあ、初代ヒロインのユリアは血まみれの剣を肩に担いで扉を蹴破るらしいので、何をもってヒロインと定義するのかは難しいところではあるけれど。

それにしても治癒魔法というのは乙女ゲーム以外でも聞き馴染みのある言葉だが、実際に目の当たりにするとかなりの衝撃だ。すぐに痛みから解放されるというだけでも、感謝してもしきれない。神の奇跡だと言われたら、リリーの美貌も相まって信じてしまうだろう。

エルナがのんきに感心しているとその体を支えていた腕に力がこもり、次の瞬間には視界が一気に高くなっていた。

「リリーさんは少し休んでください。あとは騎士に任せます」

至近距離の声と見晴らしの良さに抱き上げられたのだと気付いた時には、既にグラナートは歩き出していた。

今日のエルナはドレス姿。つまり使用される生地のぶんだけ重い。王子に重量物を運ばせるなど、誰がどう見ても不敬まっしぐら。

お姫様抱っこに対する羞恥心《しゅうちしん》よりも不安が勝ったエルナは、慌ててじたばたともがいた。

「お、おろしてください」

「嫌です」

簡潔な拒否の言葉と共に、グラナートはどんどん歩いて行く。

細身に見えるのに筋力はあるんだな、とか。とてもいい香りだけどこれは香水なのかな、とか。

これで「こんなに重い女性は初めてだ」と振られたら笑ってしまう、とか。

ぐるぐるとどうでもいい考えばかりが浮かぶエルナの脳内を、白い光と共によみがえった記憶が駆け抜けた。


「聞いて！　この新作の乙女ゲーム、凄くいい感じなの！」

「あれ、血まみれヒロインの続編じゃないの？」

「ああ、『虹色パラダイス』？　あれはね、買うのをやめたの」

「そうなの？　あんなに楽しみにしていたのに」

「だってね。メインが隣国の王子様なんだけど、国の未来のために戦争を止めようと画策するんだよ」

「いいんじゃないの？」

「駄目よ！　ヘタレ要素が皆無じゃないの！　私はイケメンのヘタレを、ビシバシ叩きあげて育てたいのよ！」

「……そう」

「ヒロインも治癒魔法なのよ！　虹色の髪の美少女が攻撃魔法でドッカンドッカン暴れまわる予定だったのに！」

「……そう」

「それでこのゲームは和風の……あれ、忘れてきちゃった。また今度紹介するね」

「……うん」

「そういえば、サンマーメン！　あれは衝撃だったわ」

「あ、ようやく食べたんだ」

「それがね、サンマが乗ってなかったのよ！」

遠い昔の記憶に、エルナの口からため息がこぼれる。

……なんだ、せっかく記憶が戻ったと思ったのに結局続編の詳しい内容はわからないままか。

がっかり半分、安心半分。それでも何故か晴れやかな気持ちだった。

エルナはずっと、『虹色パラダイス』に関わることを警戒していた。

グラナートの告白も続編のせいではと心配し、自分が悪役令嬢になるかもしれないと思うと、その末路が怖い。そう思っていた。

でも、それは違う。たぶん……エルナは自信がなかったのだ。

最初は実感がなかった。

グラナートを『虹色パラダイス』のキャラクターとして見ていたから、ヒロインでもない自分とは無関係。だからこそ、何を言われても気にならなかった。

挨拶されてもリリーのついでだろうと思っていたし、ろくに話もしていない。名前を呼んでくれと言われた時は何を考えているのかわからずに怖かったが、それだって王子の戯れなのだろうと回避した。

告白されても、本当は聖なる魔力が欲しいだけなのではという思いはなくならない。

それでもグラナートが「大切にしたいのはあなたです」と言ってくれたから、もしかしたら本当にエルナのことを好いているのかもしれないと考えるようになった。

何とも言えないむず痒い気持ちになったが、嫌ではない。だが、それと同時に怖くなる。

グラナートは容姿端麗で魔力も優れた、誰もが納得の理想の王子様だ。

対してエルナは十人並みの容姿の田舎貴族。聖なる魔力こそ持っていたが、逆にそれがエルナを不安にさせた。

この魔力が欲しいだけなのではないか。

聖なる魔力が無ければエルナに興味などないのではないか。

グラナートは聖なる魔力なんて関係ないと何度も言ってくれたのに、自分が傷つかぬように芽生えかけた気持ちに蓋をした。

エルナはただ、自信がなかったのだ。

……なんて情けない話だろう。

どこかの部屋に到着するとグラナートはエルナをそっとソファーにおろし、自身もその隣に座る。

そのままハンカチを取り出すと、エルナの腕に付着した血を丁寧に拭き取っていく。その手つきも表情もひとつひとつに気遣いが溢れていて、それがくすぐったいし心地良い。

——ああ、よく今までこれを見て見ぬ振りできたものだ。

自分の頑固な思い込みの力にちょっと感心しつつ、口元が綻《ほころ》んでしまう。

「どうしました？　痛みがあるのですか？」

「いいえ。もう何ともありません」

虹色の髪で治癒魔法を使うのだから、リリーは恐らく続編のヒロインに間違いないのだろう。残念ながら彼女の身に起こる出来事はわからないけれど、きっととびきり素敵な男性と幸せになれる。それだけでも安心だ。

「そういえば、殿下は何故リリーさんが治癒魔法を使えると知っていたのですか？」

「学園の魔力確認の授業があったので」

ああ、なるほど。確か魔力の系統がわかるのだったか。エルナは寝込んでいたので、知る機会がなかったわけだ。

そうだ、今度補習を受けに来いという連絡が来ていたし、講師のところに行かないと。聖なる魔力がどう判断されるかわからないが、問題があれば落第か退学にでもなるはず。

今までなら嬉しいはずのその結果が少しだけ寂しいと思うのは、きっとグラナートのせいなのだろう。

「エルナさんの身を守れず、すみませんでした」

深く頭を下げるグラナートに、エルナは慌てて首を振る。

「いいえ。殿下は真っ先に庇ってくださいました。その後は私の勝手な行動ですし、殿下は何も悪くありません」

「……そうですね。あなたはただの学園の生徒。軍事大国の王女に怪我がなかったのだから、国としては何の問題もない」

その通りなのだが、正直すぎて表現が若干切ない。だが、それを口にするグラナートの表情はとてもつらそうで本心ではないというのがわかるからこそ、エルナは黙って先を待つ。

「でも、僕にとっては違います。あなたが倒れているのを見た時、心臓が止まるかと思いました」

泣いてしまうのではないかと思うほどに苦しそうな顔で、グラナートは声を絞り出す。

「そばを離れなければよかった、もっと気を配ればよかった。色々な後悔が押し寄せて、同時にあなたを失うかもしれないと思うと……怖かった」

グラナートは何かを飲み込むように目を閉じ、そして深く息を吐く。そうして柘榴石の瞳がまっすぐにエルナに向けられた。

「――僕の妃に、なってくれませんか」

その言葉に、エルナの鼓動が跳ねる。

「あなたが考えて出した答えを、待つつもりでした。でもこのままでは公の場であなたを守る口実すら持たない。……僕は、あなた以外はいらない。どうかそばにいてください」

以前に告白された時のように、自分の顔が赤くなっていくのがわかる。ドキドキと早鐘を打つ鼓動がうるさい。でも、今回は驚いて混乱しているからだけではない。

律儀で真面目で優しいけれどどこか不器用な美貌の王子様の好意を、エルナは嬉しいと感じている。

『虹色パラダイス』のことも、身分も何もかもすべて排除した答え。これがきっと、本当の気持ち。

……でも。

「グラナート殿下」

その名前に、グラナートがぴくりと反応する。

「ご存知ですか？　聖なる魔力を使うと、男性は魔力に浮かされるらしいのです」

「浮かされる？」

「気分が高揚して、うっかり大きなことを言ってしまうそうです」

「それは……」

どうやら身に覚えがあるらしく、グラナートは気まずそうに言葉に詰まる。

「好意がなければプロポーズすることはないらしいので、そこは殿下を信じます。でも聖なる魔力の影響がまったくないとは言えないでしょう？　だから私、待ちます」

「待つ？」

不思議そうに瞬くグラナートは常の気品溢れる姿とはまた少し違って、何だか可愛らしい。

「聖なる魔力の影響が完全になくなって、浮かされた熱が冷めて。それでも田舎貴族で取り柄のない私がいいというのなら……」

「わかりました」

真剣な表情でうなずく様に、エルナの口元が綻ぶ。

「聖なる魔力に浮かされないよう、頑張ってくださいね」

グラナートは以前、エルナに散々「名前を呼んでほしい」と言っていた。謎の訴えの事情はもう知っているし謝罪もされたが、まだ清算をしていない。

テオドールだけ渾身の一発を食らわせるというのも不公平なので、ここはひとつグラナートの要望を叶えてみよう。名前を呼ぶだけでも魔力の性質がわかるというグラナートに、エルナの渾身の魔力でフルネームを。

今ならできるような気がするし、聖なる魔力の影響がなくなっても変わらずエルナが必要だと言うのなら。

……その時は。

「グラナート・ヘルツ殿下。——あなたが、好きです」

グラナートの目がこれ以上ないというくらい見開かれる。

微笑むエルナの瞳には、虹色の光が煌めいていた。

✦第五話✦ 嫌なフラグを立てないでください

『グラナート・ヘルツ殿下。――あなたが、好きです』


美しい柘榴石の目が、これ以上ないというくらい見開かれた。

――次の瞬間。

グラナートの体が糸の切れた操り人形のように床に倒れ込む。

「……え？」

ソファーのそばに崩れ落ちたグラナートを、エルナは呆然と見ることしかできない。

「で、殿下？」

床に伏したままのグラナートは返事をせず、目を開けず、微動だにしない。

これは……意識を失っているのか。

ようやく事態を理解したエルナはソファーから立ち上がろうとする。だが目が回ってふらついてしまい、ソファーから滑り落ちて床に転がった。

傷はもうないけれど、出血が多かったのだろうか。あるいは魔力を使ったせいか。原因はわからないけれど、眩暈《めまい》がおさまらず上手く力が入らない。

これではとてもグラナートを持ち上げることなどできないだろう。

「誰か！　誰かいますか？　テオ兄様！」

混乱しながらも、エルナは必死に助けを呼ぼうと叫ぶ。

この部屋の位置はわからないが、王宮内である以上は使用人が必ずどこかにいる。グラナートの護衛なのだから、テオドールが控えている可能性が高い。とにかく誰かの手を借りなければ。

すると、間もなく扉が勢いよく開いた。

床に倒れて意識を失うグラナートと、同じく床に座り込んでいるエルナを見て、テオドールは慌てて駆け寄る。

「殿下⁉　エルナ、いったい何が」

「わからないけれど、急に倒れて」

テオドールは素早くグラナートを起こすと、ソファーに横たえる。とりあえず外傷はなさそうだし呼吸も安定しているのを見て、エルナはほっと息をついた。

「それで何が……そのせいか」

「テオ兄様？」

黒曜石の瞳が見開かれ、次いでテオドールは肩をすくめる。

「……水の蛋白石、随分と盛大に輝いているぞ」

テオドールはエルナを空いているソファーに座らせると、その横に腰を下ろした。

「――つまり、聖なる魔力を込めて殿下のフルネームを呼んだ、と」

「はい」

ことの経緯を聞いたテオドールは、うなずくエルナを見て深いため息をついた。

「殿下は名前を呼ばれるだけでも魔力の質がわかるのに、更に上乗せしたわけだ」

「……はい」

もう一度うなずきながら、少しずつ頭が垂れ始める。

「その瞳の輝きからすると、聖なる魔力も相当使われている」

「すみません」

ほぼ頭を下げた状態で謝罪するエルナに、テオドールの言葉が容赦なく降り注ぐ。

「しかも聖なる魔力に浮かされないよう頑張れと言って……こうなったのか」

「……すみませんでした」

もう少しで額と膝がくっつくというほど頭を下げたエルナは、ただ謝ることしかできない。

安易な行動をとらなければよかった。今更後悔しても遅いが、浅はかな考えだったとしか言えない。

「すみませんでした。もうしません。殿下の名前も呼びません。もう二度と呼びません」

ついにエルナの額と膝が出会い、頭を下げているのか眠っているのか傍目にはわからない有様だ。

こんなことになるなら、グラナートの負担になるのなら、名前など呼ばなければよかった。聖なる魔力など使うべきではなかった。グラナートに害を与えてしまった。全部、エルナの聖なる魔力のせい。安易に使うべきではなかったのだ。

後悔と情けなさで泣きそうだし、既に視界が霞み始めている。

「いや、それはそれで困るというか。俺が怒られるからやめてほしいというか」

「もう家に帰ります。殿下には近付きません。すみませんでした」

涙をこらえながら立ち上がってよろよろと扉に向かうと、テオドールが慌ててエルナを止める。

「いや、待て待て。聖なる魔力を使ったばかりだし、傷が治ったとはいえ出血もしたんだ。少し休まないと」

「わかりました。領地でしばらく休みます。殿下には近付きません。すみませんでした」

扉に手をかけるが、ふらついているのでなかなか開けられない。それすらも情けなくて、いよいよ限界を超えた涙がこぼれてきた。

「わかった。俺の言い方も悪かった。怖い思いをした上に聖なる魔力を使って疲れているから、おかしいんだ。だから泣くな。行くな」

完全に泣く子をあやす状態のテオドールになだめられ、ソファーに連れ戻される。

「大体、どこに行くつもりだ」

「帰ります」

「帰るって、一人で？　迎えの馬車の手配もしていないだろう。それにまだ休まないと」

確かに夜会が終わる時間はもう少し後なので、ノイマン家の馬車はしばらく来ない。だが普段は歩いて学園に通っているのだ。多少ドレスで動きにくいが、問題ないだろう。

「大丈夫です。帰ります」

エルナは立ち上がろうとするが、その手をテオドールが摑んでいるので動けない。

「だから……」

「――エルナさん」

その美しい声に、エルナの肩が震える。

弾かれるようにエルナとテオドールが顔を向けた先ではグラナートがゆっくりと体を起こす。

「少し、話をしましょうか」

困ったように微笑むその姿に、エルナはただうなずくことしかできなかった。

「……すみませんでした」

エルナはグラナートの隣に座るなり、勢いよく頭を下げる。

「考えが足りませんでした。ご迷惑をおかけしました」

「いえ、それはもう大丈夫です」

そう言うグラナートの顔は何故か赤く上気していたが、同時に疲れているようにも見える。やはり聖なる魔力で相当疲弊しているのだろう。すべてエルナが悪い。

「もう殿下の名前は呼びません。殿下には近付きません。しばらく領地で休みます。だから帰ります」

自分で言っていて、情けなくてまた泣きそうになってくる。どんどんうなだれるエルナを見て、グラナートはため息をついた。

「テオ、どれだけエルナさんを責めたのですか」

グラナートにじろりと睨まれたテオドールは、慌てて首を振る。

「テオ兄様は悪くありません。私が全部悪いのです。これ以上ここにいてもご迷惑をかけるだけです。私、帰ります」

「いや、待て待て。頼むから」

ソファーから立ち上がろうとするエルナを、テオドールが押しとどめる。さっきから何故テオドールは帰らせてくれないのだろう。それすらも悲しくなって、視界が滲《にじ》んでくる。

自分でもどうしてこんなに涙腺が緩いのかわからない。普段の自分と違うというのはぼんやり感じるのだが、何だか悲しくて情けなくて何も考えられない。

「だから泣くなって。いや、殿下？　違いますよ、違いますからね？　これはきっと聖なる魔力の反動で」

「……もうわかりました。テオは少し下がってください」

グラナートの命に従い退室するテオドールを見送りながら、出て行きたいのはエルナなのにずるいと思ってしまう。

二人きりになるとグラナートがため息をつき、それに引き寄せられるようにエルナは顔を向けた。

「僕が倒れてしまったせいで、エルナさんに迷惑をかけてしまいましたね」

「いえ、悪いのは私です。もう殿下の名前は呼びません。すみませんでした」

エルナは深々と頭を下げる。なんなら土下座したいくらい、申し訳ない気持ちでいっぱいだ。

「それは困りますね」

「はい？」

土下座だと傍から見た時に王子の印象を損ねる、という意味だろうか。

確かになんちゃって中世ヨーロッパ風の世界観なので、伝統的ジャパニーズ謝罪スタイルは奇異に映るのかもしれない。

「僕の名前を呼ばなくて、近付かなくて、領地に帰るのでしょう？　それは困ります」

「でも」

エルナがいると迷惑をかけるし、土下座より上の謝罪方法が思い浮かばない。

「毎回聖なる魔力込みだと、ちょっと大変ですが……名前は呼んでほしいです。そばにいてほしい。領地に行ってしまったら簡単には会えない。寂しいから嫌です」

想定外の言葉に、エルナはぽかんと口を開けてしまう。

「本当はすぐに返事をしたかったのですが。……僕も、エルナさんが好きですよ」

『グラナート・ヘルツ殿下。――あなたが、好きです』


つい先ほど自分が放った言葉を思い出す。返事って、あれの返事のことか。あの告白の。

そう思い至った途端、急激に恥ずかしさがやってきた。顔は熱を持ち始めるし、悲しい気持ちで弱々しかったはずの鼓動が一気に活発に動き始める。

何故、今そんなことを言うのだろう。エルナの謝罪とは関係ないではないか。少しでも冷まそうと熱を持つ頬を押さえていると、グラナートがにこりと微笑んだ。

「もう一度聞きたいのですが。僕の名前を呼んでくれますか？」

「でも」

名前を呼べば、それはグラナートに影響を与える。聖なる魔力を込めて呼べばどうなるかはもう十分にわかったし、あえて危険な行為をしたくない。

「お願いします」

どうしたらいいのだろうと悩んでいるうちに、いつの間にか涙が止まっている。気付けば、胸いっぱいに溢れていた情けなくて悲しい気持ちも和らいでいた。

「……グラナート、殿下」

聖なる魔力を込めることのないよう、細心の注意を払う。間違ってもまた倒れることのないように、慎重に言葉を紡ぐ。

グラナートは目を閉じて噛みしめるようにエルナの言葉を聞いていたかと思うと、ゆっくりと瞼を開け、そして優しく微笑んだ。

「うん。——やっぱり、僕はあなたが好きです」

「……そんなこともわからないとは」

夜会で暴漢が暴れ、エルナが負傷し、聖なる魔力でグラナートが倒れた日から、早いもので半月ほど経つ。

温かい日差しの差し込む王宮の一室、本日通算三十九回目のため息を盛大についた講師の女性は本を閉じた。

「農業国であるオッソ王国の隣は、ディート王国。近年その軍事力で小国を吸収合併して領土を広げている国です」

「はあ」

既にリリーから聞いたことがある内容に、エルナはとりあえず、相槌《あいづち》を打つ。

ディートと言えば、アンジェラの国だ。

そういえばあの騒動の後は姿を見ていないが、帰国したという話も聞かないのでまだヘルツ国内……というか王宮内にいるのだろう。生粋のお姫様にはだいぶ衝撃的な事件だったと思うが、襲ってきた男は吸収合併されたポルソ国の出身だったらしい。

他国に出ている王女を狙うほどの恨みは凄いが、裏を返せばディート国内では一矢報いることも不可能ということ。ディートの軍事力の強さが窺えるし、これではヘルツ国王がアンジェラの申し出を無下にできないのも当然だ。

エルナは告白の返事を保留している段階だったのに、よくグラナートも断れたものだと感心してしまう。

「はあ、ではありません。予習するようにと言ったのに、これでは先が思いやられます」

そうは言っても、昨日エルナはオッソ王国の予習をするように言い渡されていた。オッソの地名や主な領主に特産物まで覚えてきたのだが、いつディート王国の話に変わったのだろう。

「やる気はあるのですか？　ノイマン様は身分のこともありますし、ただでさえ他の何倍も努力が必要なのですよ」

「はあ」

エルナはとりあえず、相槌を打つ。

グラナートに告白され、それを受け入れたことで、エルナは王子妃となることが決まった。

正式な発表や手続きはまだだが、王族の一員になる以上は相応の知識やマナーを身につける必要がある。田舎の子爵令嬢という圧倒的身分不足とそれに伴う勉強不足を心配するエルナに、グラナートが提案してくれたのが、正式な婚約前からの妃教育だ。本来ならば上位貴族か王族でもなければ指導を受けられない、一流講師による授業である。

学園に通いつつなので忙しいと言えば忙しいが、もとより勉強や試験は嫌いではないのでそれほど苦痛ではない。こちらは日本の受験生活を乗り越えて、一人暮らしの短大生だった記憶があるのだ。家事もバイトもなく、至れり尽くせりで勉強だけすればいいのだから、むしろありがたいくらいである。

それに、知らないことを教わるのは興味深いし面白い。予習や復習のおかげで刺繍をする時間が取れないのは寂しかったが、そこは仕方がないので我慢した。

だが子爵令嬢は王子妃にしては身分が低すぎる。更に取り立てて美しいわけでもなく田舎育ちのエルナは、あまり歓迎されていないようだった。

虹の聖女の娘だと言えば一発で解決するのかもしれないが、虹の聖女である母ユリアの存在は機密事項だ。これはエルナ自身の力ではないので、あまり使いたくないというのもあった。

それにしても、講師はくどくどとエルナに身分違いだ不釣り合いだと語っているが、何故今更わかり切ったことを言うのだろう。延々と喋り続ける姿を見て、ようやくエルナは気付いた。

そうか、上位貴族の予習とは言われたものの先までやれという意味なのか。

ならば指定されたオッソだけを覚えてきたエルナが悪い、ということになる。それならそうと言ってくれればいいのに。

ノイマン子爵領の田舎ぶりについて語りだした講師を見ながら、面倒くさい人だなあと思う。

「聞いていますか？　ノイマン様は貴族令嬢としての社交力も不足しておりますから……」

なるほど。言われなくても察するなり調べるなりして、正解を導けということか。直接的な言葉だけがすべてではない、貴族の社交の一端を体現しているらしい。口うるさくて面倒くさい人なのかと思ったら、意外と深く考えているものだ。

何だか色々絡まれている気はするけれど、教科書と違うことを教えたりはしないし、こういう授業の進め方なのだろう。上位貴族の勉強というのは、方法一つとっても田舎とはまったく違うものだと感心する。次は先の先の先まで予習しておこう。

「わかりました。ご指導ありがとうございます。次回もよろしくお願いします」

感謝を込めて笑顔でお礼を言うと、講師は眉を顰めた。疲労が顔に出ているが、これもこうなるなという教えなのだろう。大変に面倒くさいが、ツンデレ熟女教師だと思えば何だか可愛く思えてくるのだから、人間って不思議なものだ。


今日の講義を終えて王宮内の回廊を進んでいくと、正面からアンジェラとルカが歩いてくる。

見かけるのは学園の夜会以来だが、大きな怪我もなさそうだ。優雅に歩く姿にほっと胸を撫でおろす。

襲撃してきた男の出身国ポルソは、経済的に困窮《こんきゅう》したところにディートが軍事的圧力をかけて半ば無理矢理併合したと言われている。グラナートの話では男たちは王女を殺すことで恨みを晴らすことが目的だったらしい。

エルナはディート王国のせいで負傷したとも言えるし、アンジェラはヘルツ王国の警備のせいで危険に晒《さら》されたとも言える。場合によっては国際問題にもなりかねない事態だ。

だがアンジェラは「グラナート王子は身を挺して暴漢から守ってくれた。その友人にも助けられた」と両国の国王に伝えたのだという。元はと言えばディートを狙った暴漢だったこともあり、両者痛み分けで不問という形に落ち着いたそうだ。

仮にアンジェラが「ヘルツ王国のせいで危険な目に遭った」と言えば、実際はどうあれ無視はできない。たとえ原因がディートにあろうとも、警備が万全でなかった言い訳にはならないからだ。それに絡めてグラナートとの縁談を迫ることもできただろう。

ところが責めることも利用することもせず、エルナに対する感謝ともとれる言葉まで残している。命の恩人と認識したのだとしても、今までの強引さからすると何だか不思議だった。

このまま回廊を進むとアンジェラと接触不可避だが、顔を合わせない方がいいのだろうか。だが互いに姿が見えている以上、避けるのも失礼だろう。結局真正面で相対すると、アンジェラはじっとエルナを見て口を開いた。

「……あなた、もう大丈夫なの？」

視線から察するに腕の傷のことを気にしているのだろう。リリーが治療した時にそばにいたような気もするけれど、本人も衝撃でそれどころではなかっただろうから、見ていないのかもしれない。

「はい。殿下は大丈夫ですか？」

「私は……あなたが庇ってくれたから、何ともないわ」

「それは良かったです」

系統の違いはあれども、アンジェラも間違いなく美少女。美しい存在は目の保養、心の栄養。守りたくなるのが人間というものである。

にこにこと微笑むエルナに対して、アンジェラは何かを言いにくそうにチラチラと視線を向けてくる。

「あなた、あの時怖くなかったの？」

「咄嗟のことだったので、よくわかりません」

「グラナート様のために、私を庇ったの？」

「危ないと思って手を伸ばしたら届いただけなので。……そんな難しいことは考えませんでした」

確かにあの場でアンジェラが怪我をすれば重大な国際問題。場合によっては戦争すら起こりかねない。それに対して、エルナが怪我をして死んだとしても、隣国の王女を守った栄誉ある行動とされるだけだろう。

そういう意味ではエルナは身を挺して国を……グラナートの立場を守ったと言えなくもないのか。

納得するエルナを見ていたアンジェラは、呆れたと言わんばかりの表情でため息をついた。

「体は本当に大丈夫なの？」

「はい。治癒魔法のおかげですっかり治っています。新鮮な傷なら痕も残さないというのは凄いですよね」

興奮気味に伝えるエルナをじっと見ていたアンジェラは、もう一度深いため息をついた。

「私は、もう帰国するわ」

「そうなのですね」

確かに暴漢に襲われたことだし、長居したくないのもわかる。

「グラナート様への婚約の申し出は、撤回したわ」

「最初からきっぱりと断わられていましたからね。あの顔で容赦なく一刀両断」

横から口を挟んだルカをアンジェラがじろりと睨みつけるが、当の本人は気にする様子もない。

従者か護衛なのだろうが、やはり謎な関係だ。

「と、とにかく。私は無駄な労力を使う暇はないの。もうグラナート様を追うことはないから……安心なさい」

「え……？」

エルナとグラナートのことをどこまで知っているのかはわからないが、これはつまりエルナを安心させようと気遣ってくれたのか。

「上から目線傲慢挨拶からスタートして、ありとあらゆる嫌がらせをし尽くした後に労いと応援とか……ツンデレの見本ですか？」

「つんでれ？」

聞いたことがないらしい言葉に、アンジェラばかりかルカも首を傾げる。

「大丈夫です。私は既に属性モリモリの美人さん達をさんざん見ていますので、殿下にツンデレが加わっても問題ありません。大歓迎です」

「あなた、何を言っているの？」

「可愛いので好きということです！」

「──す、好きって⁉」

取り乱したアンジェラは何もない床に躓《つまず》いて転びそうになり、それをルカに支えられている。まさかのドジっ子属性まで追加なのかと、エルナも興奮で落ち着かない。

「と、とにかく私は帰国するわ」

「はい」

それはさっきも聞いたのだが、もしかして動揺して忘れたのだろうか。

「わかっていないのね。軍事大国の王女がいなくなるのよ？　それを機に今まで大人しくしていたものが動き出すわ。……気を付けることね」

「え、嫌なフラグを立てないでください」

美人の言葉には力があるのだから、良いことだけ口にしていただきたい。……いや、口汚く罵るリリーやアデリナというのもちょっと興味はある。アンジェラはキャラに合っているので想像しやすいし、それはそれで美味しい。

「ふらぐ？　……まあいいわ。またいつか会いましょう」

そうして優雅にひらひらと手を振って、軍事大国の傲慢王女様はヘルツ王国を後にした。

「ああ、エルナ様の髪を結うのは本当に幸せですね」

学園の庭でいつものようにベンチに座ったエルナの髪を、リリーが結っている。

何度も髪を梳かしては結い直しているのだが、今現在どんな髪型なのかまったく見当もつかない。

まあ仮に愉快な殿様スタイルのちょんまげにされていたとしても、リリーが笑顔ならいいかなとか思ってしまう。今日も美少女は眼福だ。

ちらりと目を向ければ、リリーの制服の上着からはハンカチが覗いている。虹色の花弁の刺繍が入ったそれは、以前にエルナが作って渡したもの。普段から使ってくれているとわかり、更に幸せな気持ちに包まれていく。

「ヴィル様にブルート王国で流行している髪型を聞いたのですが、リボンの数が足りないので今日は難しいですね」

ずっと試行錯誤《しこうさくご》していると思ったら、そういうことか。それにしてもたくさんのリボンを使う上に、器用なリリーですら難しいという髪型とはいかなるものだろう。

「ヴィルと仲良くなったみたいですね」

「ブルート王国のことを教えてくださる貴重な方ですから。それに貴族の割に横柄なところも少ないですし、話しやすいです」

確かに他国の情報をその国の人間から聞ける機会などなかなかない。特待生の留学先の一つだし、リリーとしては興味津々なのだろう。

そういえばヴィルには、どこまで本気なのかわからないけれど好意の欠片も感じないプロポーズをされていたのだった。今度、事情を説明して改めて断りを入れなければ。

「ディートの王女は帰国したと聞きましたわ。これで一安心ですわね」

アデリナはリリーの横で櫛《くし》やらリボンやらを持たされているが、公爵令嬢を使う平民というのも面白い。絵面としては美少女と美少女なので、結局のところエルナは幸せなだけだ。

「それで、殿下にはお返事いたしませんの？」

「直球ですね」

「わたくしの立ち回りにも関わりますから」

それもそうか。王位継承権を巡るあれこれはまだ終結していない以上、スマラクト王子派を抑える最高の手札と言ってもいいのが、グラナートとアデリナの婚約だ。

アデリナ本人の想い人は別にいるとはいえ、立場上無関係ではいられないことも多いだろう。ここは、エルナの立ち位置をはっきりさせておいた方がいい。

「私、殿下のことが好きみたいです。本人にもお伝えしました」

エルナの言葉にリリーの手が止まり、アデリナが目を見開く。

「きゃああ！　良かったですね、エルナ様。おめでとうございます！」

「ようやく決断しましたのね。殿下の粘り勝ちですわ」

興奮冷めやらぬ様子のリリーが勢いよく髪を梳かしているが、あまり高速だと発熱しそうなのでちょっと抑えていただきたい。

「エルナ様が王子妃ですか。ああ、今から結婚式が楽しみですね。私は参列できなくても、心の中で花束を捧げ続けますから！」

「気が早くありませんか？」

まだグラナートと両想いになったばかりだし、婚約すらしていないのだが。

「では、王子妃教育が始まりましたの？」

「はい。学園が終わってから王宮に行っています」

「……大丈夫、ですわよね？」

アデリナの視線が少し鋭くなったが、これはエルナの勉強不足を心配しているのだろう。

「確かにまだまだ知らないことばかりですが、楽しいです」

「そうではなくて……いえ、今度わたくしも覗いてみますわ。王宮なら出入りできますし」

さすがは名門公爵令嬢。普通なら門前払いの王宮にふらり授業参観をしに来るとは、優しさの方向がおかしい。

「何から何まで実力不足なので、今後どうなるかわかりませんが」

グラナートの気持ちは疑っていないけれど、それ以外の要素で離れる可能性はあるだろう。

「ええ、そんな」

「エルナさん。王子妃に必要なものは何だと思います？」

悲痛な声をあげるリリーとは対照的に、アデリナが静かに尋ねてきた。

「必要なもの、ですか？」

思い当たることが多すぎて、エルナは首を傾げる。

「後ろ盾としての権力、跡継ぎを産むこと、由緒ある血筋、見栄えの美貌、教養……。でも一番大切なものはきっとそれらではありませんわ。――王子を支えるのが、妃の役目です」

「支える」

「ええ。だからわたくしでは無理なのです」

長年グラナートの婚約者候補筆頭だったアデリナは、そう言ってため息をついた。

「エルナさんが田舎貴族でも、美貌も教養も足りなかったとしても、そんなものはどうにでもなります。そばにいるだけで殿下を支えられるのですから、エルナさんの代わりはいないし、間違いなく立派な妃になりますわ」

きっぱりと言い放つアデリナに、エルナとリリーは目を丸くする。

「どうしよう。アデリナ様に惚れそうです」

「な、何をおっしゃるの！　殿下に恨まれるのは御免ですわ。あの方、魔力が半端じゃありませんのよ？」

エルナの言葉に照れているのか、アデリナは顔を赤らめながら怒る。普段は凛々しい雰囲気のアデリナが照れる様は、控えめに言って可愛らしすぎた。

大満足のエルナに対して、リリーは口元に手を当てて何やら思案している。

「……気持ちとしては賛成ですけれど。でも、本当にそれが一番重要でしょうか？」

今アデリナが言ったのはつまり、愛情で支えるのが大切という話だ。

だがリリーは平民だからこそ、ある意味では貴族以上に身分にまつわる苦労を知っている。アデリナの言葉はきっと正しいが、それでも現実として難しいのもまた事実だろう。リリーに問われたアデリナは、頬を押さえながらうなずいた。

「国王は王妃を亡くした後、側妃を王妃に据えることはありませんでした。側妃の実家は国でも有数の名家ザクレス公爵家で、側妃自身も優秀だったと聞いています。側妃を王妃にするのは当然の流れ。それでも王妃にしなかった……できなかったのは、きっと亡き王妃を愛し、忘れられないからなのでしょう」

「一国の王が、そんな風に感情に左右されていいのでしょうか」

思わずエルナがこぼすと、アデリナは困ったように微笑む。

「良し悪しで言えば、悪いのだと思いますわ。側妃を王妃に据える利点はあっても、側妃のままにする意味はありません。後ろ盾は強い方がいいに決まっていますもの」

驚いたエルナとリリーは互いに顔を見合わせてしまう。いくら雑談とはいえ、公爵令嬢のアデリナが国王を否定するようなことを言うとは思わなかった。

「でも、どんな人間にでも支えは必要です。優秀な人材は他で揃えればいいのですから、伴侶にくらい癒しを求めても罰は当たりませんわ、きっと」

それは、もしかしたらアデリナの願望なのかもしれない。自分の意志では結婚相手も選べないことが普通の王侯貴族の中で、愛情が勝ることもあるのだと信じたいだけなのかもしれない。

実際に国王がどんな思いで決断したのかは、誰にもわからない。それでもきっと、目に見えるものだけがすべてとは限らないのだろう。

「――ですが、教養でも何でもあるに越したことはありません。レッスンは必要ですわよ」

「はい」

まるで鬼教官のような顔で釘を刺されたエルナは、苦笑しながらうなずいた。

閑話 ✦ アンジェラの戦い

アンジェラがアレーヌ共和国の芸術祭に行ったのは、偶然だ。

兄王子が行く予定が体調を崩したため、急遽アンジェラが父に同行。そこで風に飛ばされた帽子を拾ってくれたのが——彼だった。

優しい日の光のような、淡い金髪。印象的な柘榴石の瞳。整った顔立ちに柔らかい物腰の彼は、物語に出てくる理想の『王子様』そのものだった。


「まさか、気に掛ける女性がいたなんて」

数年ぶりに会ったグラナートは理想以上の美貌に成長しており、その姿にアンジェラは一瞬で惚れ直した。だが逸る心を抑えながら王子妃になってあげてもいいと伝えると、何故か彼は眉根を寄せたのだ。

てっきり喜んでくれるものとばかり思っていたアンジェラは、困惑した。

「聞けば、田舎の子爵令嬢だっていうじゃないの。どれだけ美人か知らないけれど、グラナート様には相応しくないわ」

「陛下が正式に後押ししなかったのは、その令嬢との婚約が濃厚だからでは？　素直に諦めたらいかがですか」

「ルカ、あなた失礼よ。大国ディートの王女で美少女の私が妃になってあげるのだから、感謝して当然でしょう。グラナート様はその女に騙《だま》されているのよ。……きっと、すぐに私がいいと気付いてくれるわ」

「大層な自信で結構ですね」

アンジェラが睨みつけても、ルカはまったく気にする様子はない。

ルカ・ランディは、このヘルツ王国訪問のために国王からつけられた従者であり、護衛だ。

国王が最初にアンジェラにつけたのは、髭《ひげ》がむさくるしい男性。アンジェラは綺麗なものは好きだが、髭の男性は好きではない。グラナートへの印象も悪いだろうし絶対に嫌だと拒否したところ、代わりにきたのがルカだ。

だから相応に強いのだろうが、今のところは口の悪さしか見て取ることはできない。

黒髪に紅玉髄《カーネリアン》の瞳の青年はそれなりに整った顔ではあるが、アンジェラの好みではない。一応命令には従うものの口は悪いし、態度も悪く、いつも不機嫌そうにしている。髭男に戻されてはかなわないので仕方ないが、グラナートと婚約したらすぐにお役御免にしてディートに送り返そうと密かに決意している。

「まずは噂の令嬢に会いに行きましょう。どれだけの美人なのか楽しみだわ」

自信満々のアンジェラを、ルカは面倒くさそうに見ていた。

＊＊＊＊＊＊＊

虹色の髪の美少女と銅の髪の美少女を見た時には苦戦を覚悟したが、エルナ・ノイマンは取るに足らない相手だった。

安心したアンジェラは圧勝を確信してグラナートにアピールし始めたのだが、いまいち反応が悪い。それどころか、グラナートはエルナを労わって接しているのがわかった。

その眼差しに、アンジェラは嫉妬した。

自分には向けられることのない感情を、渇望《かつぼう》した。

あの平凡な娘に負けるなんてありえない。嫉妬のままに嫌がらせもしてみたが、心は晴れない。

どうにもならなくなって、エルナを側妃にしてやってもいい、とアンジェラなりの譲歩を伝えてもみた。しかし側妃を持つ気はない、とグラナートは静かに怒るばかり。

それでも諦めきれなくて嫌がらせを続けていたのだが、水をかぶってびしょ濡れのエルナの所にグラナートがやってきてしまった。エルナがアンジェラの仕業だと訴えれば、グラナートは信じるだろう。この状況では言い逃れもできない。

アンジェラはぼんやりと初恋の終わりが迫るのを感じていた。

「……バケツをひっくり返してしまいました。びっくりですね」

「は？」

グラナートだけでなく、アンジェラまで変な声が漏れた。

アンジェラの嫌がらせであることを一切言わずに深々とお辞儀をしてエルナが歩き出すと、呆気にとられたグラナートが慌てて追いかけて行く。

「何なの……」

呆然とするアンジェラに、ルカが肩をすくめる。

「戦うまでもない、ということでは？」

ルカの言葉に一瞬頭に血が上りかけたが、すぐに冷めていく。

グラナートは訪問当初からアンジェラの申し出を断っている。軍事大国の王女が非公式とはいえ婚約を申し込んでいるのに、不利益の可能性があろうともそれに従う意思はない。

……そうか、アンジェラは戦いの舞台にすら上がっていなかったのか。

エルナとグラナートの関係を揺さぶることさえ、できなかった。

悔しくて、情けなくて、羨ましくて。アンジェラの瞳に涙が浮かぶ。ルカに気付かれれば、きっといつものように馬鹿にされるだろう。それだけは、王女としての矜持《きょうじ》が許さない。

アンジェラは涙がこぼれないように、空を見上げた。

＊＊＊＊＊＊

暴漢からアンジェラをかばって負傷したエルナは、無事らしい。だが、それ以上は怖くて聞くことができなかった。このまま国に帰りたいくらいだが、あの事件のせいで警備を手厚くする手配に時間がかかっていた。

「あの男はディート王国による吸収合併を恨んで、王族の私を狙ったんでしょう？　あの子が私を庇う必要なんてなかったのに」

エルナがいなければ、アンジェラは間違いなく怪我をしていた。場合によっては命を落としていただろう。それでもエルナの行動を思い返すと、感謝よりも疑問の方が大きい。

やることがなさ過ぎて日課になった散歩をしながらぽつりと呟くと、ルカがため息をつく。

「自国を訪問中の他国の王女が負傷すれば、どうなりますか？」

「それは……」

たとえディート王国の自業自得だったとしても、ヘルツ王国の警備に問題がなかったことにはならない。簡単に国際問題になりかねない、重大な事項だ。

今更ながら、アンジェラはそれに気付いた。

「じゃあ、あの子は国の……グラナート様のために、私を庇ったというの？」

自分が逆の立場だったとして、果たしてエルナを庇えるだろうか。

……いや、たぶん動けない。

実際に動くどころか、助けを求めて声をあげることさえできなかったのだから。

地味で平凡で取るに足らないと思っていた存在のエルナに、決定的な敗北感を覚えた瞬間だった。

「……王女として、相応しい振舞いをお願いしますよ」

ルカの言葉にアンジェラはゆっくりと息を吐き、次いで背筋をピンと伸ばした。

「――当たり前でしょう。私を誰だと思っているの」

アンジェラは軍事大国ディートの王女。勝ち目のない戦に縋《すが》って惨めに敗北するなど、あってはならない。

「行くわよ」

「どちらに？」

「ヘルツ国王への謁見を申し出る。お礼を伝え、国に帰るわ。それから……グラナート様にも要求の撤回を」

ルカは目を瞠《みは》ると、すぐに恭《うやうや》しく礼をする。

それは王族への最高の敬意を表すものだった。

「ルカにも迷惑をかけたわね。……守ってくれて、ありがとう」

その言葉に、顔を上げたルカの表情が綻ぶ。
それはアンジェラが初めて見る、ルカの優しい笑顔だった。

✦第六話✦ ワンピースが卑猥でした

「これは、どういうことですの！」

王宮の一室に、アデリナの声が響き渡る。

今日もいつものように妃教育を受けていたエルナだが、予告通りふらりと授業参観にやって来たアデリナが顔色を変えて叫んだのだ。

「アデリナ様、どうしたのですか？」

黄玉の瞳には、明らかな怒りが浮かんでいる。美少女は怒っても美しいが、そもそも何故怒っているのだろう。

「どうもこうもありませんわ。エルナさん、その格好は何です？」

「え？」

今日はダンスのレッスンだが、エルナに用意されたのはこのワンピースだった。何の装飾もない黒い生地だけで作られており、体に沿ったシンプルな形で膝が見えるくらいの丈である。

「何って、ダンスの練習用の服なのですよね？　これ」

この世界では珍しい長さだなと思ったが、日本の記憶があるのでこの程度の丈に抵抗などない。それに装飾もほとんどないので動きやすく、ダンスの足運びを確認するにはちょうど良さそうだった。コルセットをぎゅうぎゅうに締め付けたドレスよりも、エルナとしてはありがたい。

だが、何かがアデリナの逆鱗《げきりん》に触れたらしい。

「ダンスの、練習用？」

アデリナがじろりと講師陣を睨みつける。美少女はそのぶんだけ視線の威力が高い上に、相手は公爵令嬢。蔑《さげす》まれて喜ぶタイプの人間でもない限りは、怯むのも当然だ。

ダンスの講師二人に加えてこの後の講義のためにツンデレ熟女講師も見学していたが、三人が一斉に体を強張らせるのがわかった。

「ダンスを教えるのに、この服を着る必要が？」

「そ、それは……」

「大体何ですか、このデザインは。妃教育に使うとは思えない品のなさです。生地の質も悪いですわ」

アデリナはエルナのワンピースの背中のあたりを摘まむが、ちょっとくすぐったい。

「これは、その」

「これでダンスをすれば、どうなると思っていますの？」

「ミーゼス様、話を」

「おだまりなさい！」

いっそ気の毒なほどにうろたえる講師達を、アデリナは一喝した。

「――仮にも王子妃になろうという女性に、何ということをしているのですか！」

アデリナはそう叫ぶと、勢いのままエルナの手を掴んで部屋を出る。

声や表情を見る限りは怒りのあまり飛び出して走る感じだが、今日も安定の遅さなので正直なところ後ろ向きでスキップしても追い抜ける。

とはいえ明らかに怒っている人を置いて行くのもおかしいし、エルナに目的地はわからない以上、歩調を合わせるしかない。

「アデリナ様？　どこに行くのですか？」

「殿下にご報告します。こんなこと許せませんわ」

先ほどからずっとアデリナが怒っているのはわかるが、原因がいまいち理解できない。どうやらワンピースが気に入らないようだが、そんなに変なのだろうか。

だが怒り心頭のアデリナに話しかける隙はなく、エルナは大人しくついて行くしかなかった。

「殿下！　ご覧になってくださいませ！」

グラナートの執務室の扉を勢いよく開けたアデリナは、ずんずんと中に入っていく。当然、エルナもそれに倣《なら》う。

「アデリナさん？　と、エルナさ――」

テオドールと共に何かの書類を見ていたグラナートの手が止まる。アデリナに連れられて二人の前まで行けば、驚愕の二文字が相応しい顔で固まっていた。

「どう思われますか、この格好！」

何だか凄い勢いで話しているが、つまりこのワンピース姿を見せたかったのだろうか。

「そんなに珍しいのですか？　これ」

不思議になって裾をつまむが、ごく普通の服にしか見えない。

「エ、エルナさん！」

「あなた、何てことを！」

「エルナ、待て！」

その瞬間、三人同時に叫ばれ、アデリナとテオドールに手ごと裾を押さえられる。はあはあと息を切らす兄と美少女とは珍しい光景だが、意味がわからない。

「何なのですか？　一体」

訝《いぶか》し気なエルナに、三人は一斉に深いため息をついた。

「とりあえず、これを着ていてください」

グラナートはそう言うと、椅子に掛けてあった丈の長い上着をエルナの肩にかける。麗しい顔が心なしか赤いけれど、熱でもあるのだろうか。

「別に寒くありませんけれど」

「――着ていてください」

「……はい」

さすがは王族、言葉の圧が凄い。

有無を言わせぬ何かを感じたエルナは、大人しくうなずいた。

「それで、何故こんな格好を？」

「何故って。ダンスのレッスンをしていただけですよ？」

グラナートに着せられた上着は大きいので、手が出ない。

「レッスン？」

エルナの返答に、グラナートが眉を顰める。

上着の袖が邪魔なので軽く腕まくりしてみるが、何も引っかかるものがないので袖は元に戻る。

手が出ないし動きづらい。この上着、必要なのだろうか。

「このワンピースが用意されたということですか？」

「はい」

今度こそグラナートの表情が目に見えて険しくなる。

美少年は眉を顰めてももちろん麗しいのだが、今は背景に怒りが垣間見えてちょっと不穏だ。

「わたくしが通りかかった時には、この格好でダンスをしていましたの。わたくし、目を疑いましたわ」

「この格好で、ダンスを」

気のせいか、グラナートから冷気を感じる。先ほどから明らかに不機嫌だが、何が気に入らないのだろう。上着まで着せられたということは、視界に入れたくないくらいこのワンピースは似合わないという意味か。

元が平凡地味なエルナなのでお世辞以外に容姿関係で褒められることはないとしても、さすがに好きな人に視界から排除されるのは切ない。

少し落ち込むエルナの横で、グラナートの冷えた声が響いた。

「――講師を呼んでください」

すぐにグラナートの執務室に呼ばれた講師は、今日ダンスの授業にいた三人。ダンスを教える男性と女性に、主に歴史と外交を教える講師だ。

エルナの中ではそれぞれ、熱血ダンスさん、こだわりダンスさん、ツンデレ熟女講師さんと呼んでいる。この他にも、大声マナーさんやコルセット締め付けマニアさんなど、何人も講師がいる。それがすべて一流だというのだから、妃教育はやはり凄い。

「何故呼ばれたのか、わかりますね」

挨拶も前置きもなくグラナートが切り出すと、熱血さんとこだわりさんが明らかに顔色を変えた。

「殿下、これはちょっとした行き違いで」

「そうです。ノイマン様が練習用のドレスをお持ちでないと伺いまして」

聞かれた覚えはないが、練習用のドレスとはいかなるものだろう。邪魔な飾りはなく動きやすいということだろうか。

エルナの脳内に日本の学校の体操服でお馴染みの、ジャージ素材のドレスが浮かぶ。

丈夫さと軽さにお手頃な価格帯で、夏は暑く冬は風を全力で通す素材。そして体育館の床との摩擦で焦げて穴が開くのが定番の、アレか。

それは確かに持っていなかった。

「それで、あのワンピースを用意したのですか」

「そ、それは」

「エルナ・ノイマン子爵令嬢は、わたしの妃となる女性。それはわかっていますか」

「もちろん存じて……」

「――ならば、王子であるわたしに対する侮辱《ぶじょく》でもあると、理解できるはず」

熱血さんとこだわりさんの言葉を遮り、グラナートが声をあげる。静かではあるが強い口調に、講師達が震えた。

「……ダンスの講師は解任する。すぐに王宮から出るように」

「そ、そんな」

縋るように何かを言いかけた熱血さんに構わず、グラナートは端のツンデレ熟女講師に目を向ける。

「あなたは歴史と外交の講師だそうですが」

「は、はい」

よくわからないが、熱血さんとこだわりさんは解雇されたようだ。

ということは、今はツンデレ熟女講師の勤務内容をチェックしているのだろう。ここは、面倒くさいけど深い考えのツンデレ熟女講師を擁護《ようご》しなくてはなるまい。

「大丈夫ですよ、殿下。私の知らなかった暗黙のルールも教えていただきましたし、授業もわかりやすいです」

「暗黙のルール？」

「予習するよう指定された内容だけでは駄目なのですよね？　私は田舎貴族なので知らなくて。ですから今は指定された先の先の裏まで、予習するようにしています。先生のおかげです」

ばっちり勤務態度を評価したはずなのに、ツンデレ熟女講師の顔色が青くなっているのは何故だろう。

「聞いたことのないルールですね」

「それは、その、ノイマン様が予習を怠っていましたので」

「いい加減になさいませ。エルナさんは指定された内容を予習していたのでしょう？　とんだ言いがかりではありませんか」

それまで黙っていたアデリナの言葉に、ツンデレ熟女講師が首を振る。

「あの程度で予習をしたなどと。……それに、王子妃候補の筆頭であるミーゼス様には関係のない話ではありませんか。ノイマン様が脱落した方が、都合がよろしいのでは？」

ぷつん、と。最後の一言でアデリナの何かが切れた音が聞こえた。

アデリナはグラナートの前に行くと、この上ない優美な仕草で礼をする。

「――殿下に申し上げます。わたくしアデリナ・ミーゼスは、王子妃候補を正式に辞退いたします。同時にエルナ・ノイマン様の教育係となることを、希望いたします」

「アデリナ様が、教育係？」

美しい所作にうっとりとアデリナを見ていたエルナは、突然のことに思わず聞き返す。アデリナが王子妃候補の筆頭だったことも、辞退するのもわかるが、最後が理解不能だ。

「ゆくゆくは王子妃になろうという女性に嫌がらせをする人間に、エルナさんを任せられませんわ」

「嫌がらせですか？」

どのことを言っているのだろう。やはりツンデレ熟女講師の面倒くさくて長い話だろうか。それとも、予習は先の先までという暗黙のルールを直接は教えなかったことだろうか。

「――足は丸出しで、動けば太腿があらわになるようなワンピースが、嫌がらせでなくて何ですか！」

アデリナが噛みつくような勢いで講師陣を睨む。

どうやらワンピースが似合わないから見えないようにしたのではなく、足を隠すために上着を着せられたらしい。確かにこの世界にしては丈が短いと思いはしたが、そこまで問題だったのか。日本の記憶からすればこれでも短い丈とは言えないし、王子妃教育の講師が用意したものを疑うはずもない。そもそもエルナはノイマン領でもワンピースばかり着て、裾をまくって走り回っている。正直、まったく気にしていなかった。

「嫌がらせでないとすれば、講師という立場を利用して王子妃候補を卑猥《ひわい》な目で見ているということです。どちらにしても任せられませんわ」

「卑猥……」

いまいちピンとこないので、どうにかエルナの感覚に近い想像をしてみる。

踊りを教わろうとしたら衣装が卑猥だった、となると。日本舞踊を習おうとしたら、三角ビキニに紐パンツを用意された感じだろうか。

つまりエルナが着ているワンピースは——そういうことになる。

何だか急に恥ずかしくなり、エルナは上着の前身頃を固く閉じた。

執務室に三角ビキニに紐パンツが来たのだから、グラナートが驚いたのも無理はない。裾を押さえられたのは、紐パンツの紐をエルナが緩めようとしたようなものだろう。

それは確かに慌てて止める。

「す、すみませんでした……」

無自覚だったとはいえだいぶ恥ずかしい事態に、謝罪の声も小さくなる。

「エルナさんが謝ることではありませんわ。わかっていなかったのでしょう？　でなければ、あなたがその姿で男性とダンスなどできるはずがありません。もちろん今後は自重していただきますわ」

アデリナはそう言うと、講師達を吹き飛ばさんばかりの勢いでため息をつく。

「ダンスも歴史も外交も、わたくしが教えます。わたくしよりも優秀な講師がいると言うのなら、連れてくればよろしいわ。でなければエルナさんは渡しません！」

「そ、そんなことが」

「――よろしいではありませんか」

ツンデレさんの抗議を遮って、涼やかな声が響く。いつの間にか濃い目の金髪に真珠《パール》の瞳の美しい女性が扉を開けて立っていた。

「ペルレ王女殿下」

ヘルツ王国第一王女であるその人は、アデリナ以上の気品で鷹揚《おうよう》に微笑む。

「王子妃候補の教育は重要です。それを軽んじているようなら、講師に相応しくありませんわ」

「我々は決して、王子妃候補の教育を軽んじているわけでは」

「では、王子妃候補その人を軽んじているということですか」

ペルレの指摘に、ツンデレ熟女講師が言葉に詰まる。どうやら講師達はエルナが気に入らないらしい。うすうす気付いてはいたし、まあ納得である。

じっと様子を見ていたグラナートは、その様子に深く息を吐いた。

「先ほども言ったが、王子妃候補を軽んじるということは、王子であるわたしを軽んじていることと同義。……詳細は追って沙汰する。王宮からすぐに出なさい」

王子にそう言われて、従わないわけにはいかない。もの言いたげな表情のまま、講師三人はすごすごと執務室を後にした。

「あ、あの。すみませんでした。私、このワンピースがそんな、ひ、卑猥なものだったとは知らず……」

恥ずかしいし情けない。曲がりなりにも子爵令嬢で王子妃候補なのに、三角ビキニに紐パンツでダンスしていたとは。

エルナの脳内に、日本の南国リゾート施設のダンスが浮かぶ。椰子《やし》の実ビキニに腰蓑《こしみの》のダンサーが、今は何よりも上品な装いに見えた。そう、せめて腰蓑があれば良かったのかもしれない。

情けなくなってくる上に何の役にも立たない記憶に、エルナは打ちのめされる。

グラナートの中のエルナが「平凡地味」から「地味だけど卑猥」に書き換えられたのかと思うと、もう泣きたい。

「……ご迷惑をおかけしました」

うなだれながら礼をすると、扉に向かって歩き出す。卑猥な生き物は美男美女が集う場から早く離れなければ、失礼だ。

「――待ってください」

グラナートがエルナの二の腕を掴んだので、エルナは進むことができずに振り返る。

「はい？」

「あなたが謝ることはありません。……ただ、今後はそのワンピースは控えてもらえますか」

「はい、それはもちろん。見苦しいものをお見せしてすみませんでした」

アデリナのような誰もが見惚れる完璧ボディならともかく、エルナの貧相な体を見せられた方はたまったものではないだろう。重ね重ね、申し訳ないばかりだ。

「い、いえ。そうではなく」

グラナートは慌てた様子で否定しながら、言いにくそうに目を逸らす。何となく顔が赤いのは気のせいだろうか。

「その。他の人には、見せたくないので……」

エルナの耳元に顔を寄せたグラナートが、そっと囁く。

その麗しい声音に、エルナの思考がパンクした。

「ぎゃー！」

色気の欠片もない叫びと共に、エルナは執務室を飛び出した。

田舎で鍛えた脚力を存分に活かしてレッスン部屋に駆け込み、勢いよく扉を閉めると肩で呼吸をする。この苦しさは走ったせいではないと、自分でもわかっていた。

「な、何を言うのかと思えば」

グラナートの麗しい顔が近付き、その吐息が耳にかかり、囁かれた。思い出すだけでも叫んでしまいそうだ。

「他の人に見せたくないって……それじゃ、まるで自分は見たいと言っているようなものじゃありませんか」

「――そうだと思いますわよ」

「ぎゃー！」

突然背後からかけられた言葉に、エルナの口から汚い悲鳴が飛び出す。びくびくと怯えながら後ろを見ると、扉を開けてペルレが室内に入ってくるところだった。

「王女殿下」

「ペルレでよろしいわ。いずれ姉妹になるのですから」

「では、ペルレ様。……何か御用ですか？」

エルナとしては卑猥なワンピースをさっさと着替えたいし、落ち着かないから家に帰りたい。モヤモヤ解消を兼ねて、今日は走って帰ろう。今なら過去最高速度で帰宅できる自信があった。

そこまで考えて、ふと疑問が生まれる。

「私、この部屋まで結構な速度で走ったと思うのですが」

何故、ペルレはエルナの到着から間を置かずにここにいるのだろう。すると金髪の美女は大きくうなずいた。

「ええ、確かに速かったですわ。わたくしも危うく見失いかけました」

いや、おかしい。田舎貴族のエルナが俊足なのはありだとして、生粋の王女様が何故それについてこられるのだ。公爵令嬢のアデリナがカタツムリと張り合えそうな速度なのだから、王女はナマケモノを凌駕するくらいでないと釣り合わない。

すると、ペルレはくすりと笑った。

「わたくし、昔は女騎士に憧れていましたの。騎士になるべく体力づくりに励んだこともありますのよ。普段はさすがに走ったりしませんから、久しぶりで楽しかったですわ」

それはまた、随分とやんちゃな王女である。

確かにこの気品あふれる美貌で俊足では、周りの気持ちが追い付かない。是非とも、優雅にゆっくりと歩いていていただきたいものだ。

「それで、私に何か御用でしょうか」

「あなたにお詫びをしたくて」

そう言うとペルレは部屋の片隅に置かれたソファーに向かい、視線でエルナにも着席を促す。何をしても優雅で品があるので、いつまででも見ていたいくらいだ。

「わたくしの母、ビアンカ側妃が大変失礼を致しました。兄共々、あなたに迷惑をかけてしまったことを申し訳なく思います」

深々と礼をするペルレを見て、エルナは慌てる。

「い、いえ。ペルレ様は何も悪くありません」

「そう言っていただけると、ありがたいですわ」

にこりと花のように笑うペルレに、エルナの心の中にも花が咲いたように癒される。これが生まれついての気品というものなのかもしれない。

「それから、あなたに挨拶もしたかったのです」

「私に？」

「ええ。私と兄だけでは呪いの魔法から弟を守り切るのは難しかったので。ですが問題が解決した上に良き伴侶を見つけたようで、安心しましたわ」

「良き伴侶って……」

ペルレはグラナートの姉だし、事情は把握しているはず。

だが、卑猥なワンピースを着た良き伴侶がいていいのだろうか。思わず自身に視線を落として上着越しにワンピースを見ていると、ペルレが笑う。

「グラナートが感情を露にしているのを、久しぶりに見ました。あなたのおかげでしょうね。……妃教育のことは心配いりませんわ。アデリナさんはミーゼス公爵家の地獄のレッスンを、幼少期からこなしています。並の講師ではあの子に勝てません」

「それ、もうアデリナ様が王子妃でいいのでは」

家柄に美貌に教養に、おまけにボディも完璧だ。ツンデレにピュアと恋愛的にも実に美味しい。

良き伴侶というのは、アデリナのような淑《しと》やかな令嬢のことを言うのではないだろうか。

少なくとも卑猥なワンピースで踊る女は違う気がする。

「お飾りの妃ならば、それでいいでしょうね」

ペルレは首を傾げるエルナに手を伸ばすと、上着の前身頃を摑んで勢いよくはだけさせた。

「な、何を！」

「あら、確かに随分短い丈ですわね。……でも、アデリナさんがこれを着たらどうなると思いまして？」

アデリナが、この体のラインに沿った、短い丈の卑猥なワンピースを着たら。

「――大変にけしからん色気で、悩殺できると思います」

興奮気味に即答したエルナを見て、ペルレが笑う。

「そういうことではありませんのよ。グラナートがどう反応するか、ということですわ」

グラナートが、アデリナの卑猥なワンピース姿を見たら。

「――大変にけしからん色気で、悩殺できると思います」

やはり即答したエルナに、ペルレは更に笑う。

「あなたはそう思うのですね」

あなたはも何も、大抵の男性は悩殺されると思う。何なら、女性だってちょっと見てしまう。

少なくともエルナなら見る、全力で見つめる。

「わたくしは、そうは思いませんわ。驚きはするでしょうけれど、諫《いさ》めて終わりじゃないかしら。……少なくとも、他の人に見せたくないなんて言わないでしょう」

どうやらグラナートの小声はばっちり聞かれていたらしい。改めて言われると、やはり恥ずかしい。

「グラナートは母親を早くに亡くして、命を狙われてきました。目立ちすぎないように、周囲に関わりすぎないように。それでいて侮られない程度には優秀に。絵に描いたような大人しい王子になりました。それが、あなたのことではあれだけ感情を表に出している。わたくしはそれが嬉しいのですわ」

エルナの手を取ると、ペルレは微笑む。白い手は柔らかくて心地良いし、何だかいい香りもするし、視界には上品を絵にしたような麗しい女性。

エルナは幸せに堪えられず、つられて笑みを返す。

「エルナさん。グラナートをよろしくお願いいたしますわね。――ところで」

「は、はい」

「エルナ・ノイマンという名前ですわね？　もしかしてレオンハルト・ノイマン様の親類か何かですの？」

「レオンハルトは私の兄ですが」

「あの剣豪〈瑠璃《ラピスラズリ》〉の、レオンハルト様ですわね？」

「そんな風に呼ばれているのですか？　たぶん、そのレオンハルトだと思いますが」

二つ名までついているとは驚きだが、王子であるグラナートも知っていたようだし、意外と有名なのかもしれない。

「――まあ！　まさか本当にレオンハルト様の縁者だったなんて」

矢継ぎ早に質問をしたペルレは声を上げると、輝く瞳でエルナの手を握りしめた。

「何故ペルレ様が兄を知っているのですか？」

「知っているというよりも、ファンなのです。剣術大会で見かけた勇姿は、いまだに忘れられませんわ」

「ファン、ですか」

エルナが思った以上にレオンハルトの知名度は高そうだが、ペルレは女騎士に憧れて体力づくりをするくらいだから、そもそも剣術に興味があったのだろう。

「意外な縁もあるものですね。機会があれば、兄をご紹介しますね」

「まあ、よろしいの？　楽しみにしていますわ」

日本で言うところの、甲子園出場校のファンみたいなものだろうか。兄を褒められて悪い気はしない。何より美女の微笑みは癒される。

ペルレに手を握られたまま、エルナは笑顔でうなずいた。


「エルナさん、昨日のあれは何でしたの？」

翌日から、アデリナが講師となって歴史の授業が始まった。

だが教科書を開くなり尋ねられた内容に、エルナは言葉に詰まる。

「あ、あれって」

「殿下が何か言ったと思えば、エルナさんは叫んで走り出して。ペルレ様は追いかけていくし、殿下は黙っているし、テオ様は笑っているし。……わけがわかりませんでしたわ」

どうやらグラナートの言葉はアデリナには届いていなかったようだ。

反応から察するにテオドールには聞こえたのだろう。何だか気まずいので、あまり会いたくない。

「ひ、卑猥なワンピースを早く着替えたくて、走ったのです！　ペルレ様は……兄のファンらしくて！」

「ファン？　エルナさんは、お兄様がいらっしゃるの？」

上手い具合に話題が変わったことにほっとしながら、エルナはうなずく。

「はい、二人います。上の兄が剣術大会で優勝したらしいのですが、ペルレ様はそれをご存知で」

「剣術大会で優勝。……もしかして、剣豪〈瑠璃《ラピスラズリ》〉？」

「アデリナ様も知っているのですか？」

「話は聞いたことがありますわ。学園に通っている身で、現役の騎士をものともしなかったという……あれがエルナさんのお兄様ですのね」

妹のエルナは知らなかったのに、レオンハルトは思った以上に有名人である。

「そうなのです。世間って狭いですね」

「それで、昨日は何でしたの？」

終わったと思ったのに、また同じ話題に戻ってしまった。アデリナの様子からして、本当に聞こえておらず純粋に疑問だけらしい。

だがエルナの口から説明するのは、大変に恥ずかしい。

「あのワンピースは控えるように言われました」

「それは知っていますわ。その後に走り出したでしょう？」

駄目だ。どうあっても、はぐらかせない。仕方がない、とエルナは腹を括った。

「そ、その……他の人に、見せたくない、と……」

ぼそぼそと小声で呟くと、アデリナはあらまあと目を丸くする。

「あの殿下がそんなことを言いましたのね。成長ですわ」

「な、何で平気なのですか？　じゃあ、テオさんがアデリナ様に言ったと考えてみてください！」

するとアデリナの頬が一気に赤く染まった。

「テ、テオ様は、そんなこと言いませんわ！」

何だろう、この反応の差は。

どうやらアデリナは、自分のことだけ限定でピュアなレディらしい。言われてもいないことで真っ赤になるアデリナを見て、エルナは逆に冷静になってきた。

「……まあ、いいです。今日は上着を返しに行かないといけないので、アデリナ様も付き合ってください」

「何故、わたくしが？」

それは一人でグラナートに会うのが気まずいからだ。

何せ卑猥なワンピースを着た上で、絶叫からの脱走をしたのだ。どんな顔をして上着を返せばいいのかわからない。

「きっと、テオさんもそばにいますよ」

「そ、それは関係ありませんわ！」

口では文句を言いつつも、アデリナはそわそわと髪をいじり始める。強力な道連れができたことに、エルナはほっと息をついた。

だが二人でグラナートの執務室の前に立つと、やはり緊張する。

「平凡地味だとは思っていたけれど、卑猥な暴走女は妃にできない」とか言われたらどうしよう。

ただの真実なのでうなずくしかないが、どうせ振られるのならもう少し様になる理由がいい。

逆に「卑猥なワンピースでもいい」と言われたら。

まあ既に似たようなことを言われたような気もするのだが……それはそれで恥ずかしいので、やっぱりつらい。

エルナは深いため息をつくと、意を決して扉に手をかけた。

「失礼します……」

これから裁かれる罪人のような気持ちで、エルナは執務室の扉をそっと開く。すると予想通りグラナートとテオドールがこちらに顔を向けた。

「エルナさん」

今日も麗しい顔立ちで、グラナートが微笑む。年中無休で美しいのだから、とんでもない顔である。

ここで逃げるわけにもいかず、エルナはアデリナと共に部屋の中に入った。

要は夏休みの宿題と一緒だ。先延ばしにするほど後がつらくなるので、さっさとやるべきことをやってしまおう。エルナはグラナートの前に立つと、上着を差し出した。

「昨日はご迷惑をおかけしました。お借りした上着です。ありがとうございました。失礼します」

一気にそう言うと、上着を押し付けるように渡して扉に向かう。

「待ってください。ちょうど相談したいことがあります」

そう言われれば、帰るわけにもいかない。

エルナとアデリナは顔を見合わせると、ソファーに腰かけた。向かいにグラナートが座ると、その後ろにテオドールが立つ。

グラナートに見えない位置から、テオドールがニヤニヤとこちらを見てくる。実にうっとうしいが、昨日の『他人に見せたくない』発言を聞いたせいだろう。

そう思うと恥ずかしくなって、エルナは思わずテオドールを睨みつけた。

「相談というのは何でしょうか」

「ダンスの件ですが、男性講師探しが難航していまして。少し待っていただくことになりそうです」

「確か、ダンスもアデリナ様が講師になるのでは？」

昨日はそう言っていたが、事情が変わったのだろうか。するとアデリナが呆れたとばかりに首を振る。

「ステップは教えられても、実際の動きは相手がいないと練習になりませんわ。わたくしは女性ですから、男性のステップまでは完璧ではありませんし」

完璧である必要もない気がするが、そこは妃教育ゆえに手抜きはできないのだろう。あるいはアデリナが完璧主義というだけなのかもしれない。

つまりエルナが組んで踊る相手を探している、ということか。

「じゃあ熱血……いえ、今までの先生では駄目なのですか？」

卑猥なワンピースを用意して着るように言ったのは、こだわりダンスさんの方だ。エルナ自身は、熱血ダンスさんに特にわだかまりはない。ぴったりとくっついて教えるので踊りにくいしちょっと嫌だったが、指導自体には熱心だ。

だがエルナの提案を聞いたグラナートの眉間に、深い皺が寄った。

「……彼は駄目です」

「今まで散々踊っていた相手ですからねえ」

テオドールの呟きに言葉を詰まらせたところを見ると、どうやらそれが熱血さん不採用の理由らしい。

「ああ、エルナさんのあのワンピース姿と足を見た人ですもの。これ以上は関わらせたくありませんわよね」

アデリナが的確に言葉を埋めて説明するので、聞いているこちらが恥ずかしくなってきた。

本当に自分のこと以外は冷めているというか、何というか。あのピュアレディとは別人のようである。

「それならば、殿下がエルナさんのお相手をすればよろしいですわ」

「ええ？　だって、あくまでもレッスンですよね？　殿下もお忙しいのに」

実際王子が何の仕事をしているものなのかは、まだよくわかっていない。だが様子を見ている限り、常に公務に追われているのは間違いないはずだ。

「講師選びが難航する理由は殿下なのです。それくらいはしていただいてもいいでしょう。それにエルナさんが実際に踊る相手は、ほとんど殿下です。最適な練習相手ではありませんか」

「でも」

「心配せずとも、殿下はダンスもお上手です。エルナさんをしっかりリードしてくださいますわ」

「そんな心配はしていません。お忙しいのに、殿下の時間を無駄にするわけには」

「――それは、いい案ですね」

アデリナの提案を聞いたグラナートの表情が、光が差したかのようにぱっと明るくなる。

もともと眩い顔なのだから、これ以上光られたらもう直視できない。どうにかほどほどで勘弁していただきたい。それから、とんでもない提案に賛同しないでほしい。

「ずっと書類仕事や会議で、体も鈍ってしまいますから。気分転換にもちょうどいいです」

「そうですね。癒しの時間になりそうですね」

にやりと笑ってこちらを見るテオドールに、エルナの中の羞恥心が何かの糸をぷつんと切った。

「……わかりました。では、アデリナ様のお手本を見て学びますので――テオさんは、アデリナ様のお相手をお願いします」

「ええ？」

「はあ？」

二人が同時に声をあげる。素《す》っ頓狂《とんきょう》とはまさにこのことという様子に、エルナはにこりと笑みを返した。

「私は未熟ですから、目の前で実際に踊ってもらった方がわかりやすいです」

「そ、それでしたら、何もテオ様とわたくしが踊らなくても」

「殿下と踊りながら、お手本が見たいです。目の前で見たいです。じっくり見たいです」

「それは俺である必要がないだろう」

テオドールの当然の主張に、エルナは自身の頬に手を当ててため息をついた。

「私、うっかり卑猥なワンピースを着てしまうかもしれません。どこの誰ともわからない人に、足をじっくり見られてしまいますが、それでもいいですか？」

いいも何も、どこかの誰かにとってはエルナの足を見るなんて、ただの罰ゲームだ。

だがこの二人はエルナの心配をしてくれるので、こう言えばきっと止めに入るだろう。実際、アデリナとテオドールは口を開いたまま言葉を失っている。

その様子を見ていたグラナートが、大声で笑いだした。

「諦めてください、テオ。エルナさんのダンスのレッスンの相手は僕が務めます。アデリナさんの助手としてテオも参加してもらいます。どうせ護衛として付き添うのですから、問題ありませんね？」

麗しい王子の微笑みに逆らえる者はいなかった。

✦第七話✦　好意皆無のプロポーズ

「エルナ、ちょっといいかな」

教室に顔を出したヴィルが、笑顔で手招きしている。

かなり久しぶりに姿を見たが、学園をお休みしていたのだろうか。様子を見る限りは体調が悪いということもなさそうだし、家の事情でもあったのかもしれない。

それにしても、グラナートの時ほどではないにしても教室内の女生徒達の視線が痛い。

ヴィルは隣国ブルートの貴族らしいし、何よりもその整った顔立ちが目立つ存在だ。最近は顔を合わせる機会もなかったが、姿を見せれば歓声が上がるくらいには女生徒達の注目の的だった。

「行かないと駄目ですか？　この後に補習があるのですけれど」

自称本気らしいけれど好意の欠片も感じないプロポーズの件で、ヴィルとは話をしなければとは思っていた。だがこの状況で呼び出しに応じるのは、精神的にも社会的にもよろしくない。

思わず正直に問うと、ヴィルは苦笑しながらエルナだけに聞こえるようにそっと囁いた。

「この場で大々的にプロポーズしてもいいけれど……どうする？」

無駄な色気と共に、まさかの脅しがきた。

エルナはグラナートと両想いになったが、まだ正式な婚約者ではない。

ただでさえ身分や容姿など大幅な不足しかなくて講師にすら嫌がらせされていたのに、ここで他国の貴族にプロポーズされたとなれば印象は最悪。異性関係にだらしないと判断されれば、さすがに王子の妃に相応しくないと王族側が認めない可能性が高くなる。こういうものは事実以上に噂や周囲の認識が重要なのだ。

グラナートに嫌われて振られるのならまだしも、冤罪《えんざい》でお別れなんて嫌すぎる。

エルナが渋々うなずくと、ヴィルの藍晶石の瞳が細められた。

ちょっと面倒だと思っているのに、それでも綺麗な色に感心してしまうのだから美少年というのは卑怯な生き物である。

ヴィルの話の内容はわからないが、エルナとしては例のプロポーズの件をすっきりと片付けたい。どう考えても第三者に聞かれるとよろしくない内容だが、空き教室に二人きりになれば逆に誤解を招きかねないだろう。

仕方がないので裏庭まで移動することにした。

壁はないけれど人も少なく、仮に誰かが近付けばわかる程度には周囲を見渡せる。これで何かあっても疑われることはないだろう。

……何だか本格的に悪いことをしているみたいで、ちょっと複雑だ。

ため息と共にベンチに腰を下ろすと、大人しくついて来たヴィルもその隣に座る。

リリーが「貴族の割に横柄なところが少なくて話しやすい」と言っていたが、概ねその通り。だからこそ、あの謎のプロポーズのおかしさが際立つのだが。

「ヴィルはリリーさんと仲がいいみたいですね」

「えっ⁉」

まずは世間話と思って話を振ったら、どうやらヴィルにとって想定外の話題だったらしい。先程までの余裕ある態度とは打って変わって動揺が見える。

こういう反応も腹黒上等の貴族っぽくないし、基本的に悪い人ではなさそうなのが困ったところだ。

「ブルート王国の話を聞けるので喜んでいましたよ。流行の髪型も教えてもらったとか」

リボンが足りないと言いながらエルナの髪で試行錯誤していたので、どんな髪型なのかリリーに聞いてみたのだが、それがなかなかとんでもない代物だった。

リボンを編み込み、毛先をリボンでまとめ、最後に大きなリボンで全体を飾るらしい。正解例を見たことはないけれど、超絶メルヘンな乙女髪になるか、リボンの化身になるかの二択のはず。

女性の中で流行するからにはそれなりに男性にも受けているのだろうし、ブルートは派手好みの傾向なのかもしれない。

「え、あ、そういう……他には何か言っていた？」

「話しやすいと言っていました。ヴィルは気さくですからね」

「そっか。話しやすい、か」

普通に考えれば、平民に「話しやすい」と言われるのは貴族にとっては不愉快なことだろう。けれどヴィルに気にする様子はない。むしろ少し嬉しそうにはにかんで見えるのは、気のせいだろうか。

「それよりも、気の迷いの謎プロポーズの件ですけれど」

「ちょっと待って、何だか変な言葉がついていない？」

「緩衝材的な言葉を省くと、質の悪い冗談ということになりますが」

「いや、だから。……本当につれないよね、エルナは。これは王子も大変だ」

お手上げとばかりにヴィルが肩をすくめると、それに合わせたかのように麗しい声が耳に届いた。

「何が大変なのですか」

慌てて振り返ると、そこにはグラナートとテオドールの姿。

庭の方は見ていたが、背後の建物から現れるとはまさかの盲点。どうやらエルナには極秘密会する才能がないようだ。

「さすが。王子様は耳が早いね」

立ち上がったヴィルとベンチの前に回ったグラナートが相対する形になったが、金髪と黒髪の美少年を一気に視界に収められるとは何とも贅沢だ。この席を売り出したら、即完売間違いないだろう。

「エルナに求婚してもあしらわれるし、まったく伝わらないから。王子も苦労するなあと思って」

「でもヴィル、あれはお祭りジョークですよね？」

地方の風習を他国の人間であるヴィルが知っているのは少し不思議だし、既にお祭りも終わっているけれどそれ以外に考えようがない。

するとヴィルがにこりと微笑む。その視線は常とは違って鋭く、猛獣に狙われた獲物のようにエルナの背を寒気が走る。

「俺は本気だよ。――君が、虹の聖女だろう？」

その場の全員が一瞬黙り、ヴィルだけが満足そうに笑みを浮かべる。

何故、虹の聖女を知っているのだろう。

王子であるグラナートですら伝説に近い話と認識していたのだから、公に存在が認められているとは思えない。ユリアも極秘事項と言っていたし、知っている人は限られているだろうに。

だがヴィルの口調は、その存在を確信しているように見える。エルナが虹の聖女というのは誤りなのだが、何にしてもここで認めるわけにはいかない。

「違いますよ」

「でも、聖なる魔力は持っている」

「それは」

すかさず返された質問に、言葉に詰まってしまう。これでは肯定したも同然だが、今更どうにもならない。

「……そろそろ目的を話してもらえますか」

低い声で問うグラナートをちらりと見ると、ヴィルは腰に手を当てた姿勢でため息をついた。

「ブルート王国の国王は重い病気で、先は長くない。次代をめぐって、能無し第一王子と勘違い第二王子が争っている。おかげで国内は混乱中」

急にブルート王国の情勢を話し出したが、この言い方だと王族への非難にも聞こえる。ここはヘルツ王国とはいえあまりよろしくないと思うのだが、ヴィルに気にする様子はない。

「その上、近年の魔鉱石の原石値上がりで国力も低下中だ」

確かにレオンハルトから『最近、魔鉱石の原石が値上がりしている』と聞いたことがあるけれど、そんなに深刻な事態だったのか。ブルート王国は資源がないとヴィルは言っていたから、相当なダメージのはず。

グラナートが静かに聞いているところを見ると、それらは既知の事実なのだろう。

「原石が豊富な隣国に戦争を仕掛ける、という話まで出てくる始末だ。状況を打開するには、ヘルツ王国のような近隣の資源産出国と貿易協定を結ぶなりすればいいが……今の俺には難しい」

確かに貴族一人が訴えたところで、国の方針を動かすというのは困難だ。

「次期国王の座を奪い取ろうにも、王子達にはそれぞれ有力貴族が背後についている。彼らを動かせるだけのものがなければ、状況を覆すことはできない」

物騒極まりないことを口にしたかと思うと、ヴィルはエルナを見据える。

「――だから、俺は聖なる魔力を持つ聖女が欲しい」

射貫くようなその視線と真剣な声に、エルナは思わず息をのむ。

「仮に聖なる魔力があったとしても、どうにもならないでしょう。それに結婚する意味もありません」

どう考えても、一貴族の謀反として処罰されるのが関の山だ。

「いえ、可能性はあります」

じっと話を聞いていたグラナートは、そう言うと口元に手を当てて考える。その仕草の色っぽさに鼓動が跳ねてしまい、悟られぬようにエルナは慌てて視線を逸らした。

「ブルート王国第一王子の能無しぶりと、第二王子の勘違いぶりは国外にも知られています。ここで聖なる魔力を持つ者が伴侶となれば、有力貴族が動くでしょう」

「貴族が味方になってくれたとしても、難しいのでは」

「できる。……ですよね？　ヴィルヘルムス・ブルート第三王子」

静かなグラナートの言葉に、ヴィルヘルムスは降参とばかりに肩をすくめた。

王子……つまり、次期国王の座を奪い取るというのは、謀反ではなく文字通り自分が王になるという意味なのか。

「さすがに詳しいな」

「ですがエルナさんは渡しません」

「それを決めるのはエルナ本人だ」

二人は静かに、けれど揺るぎない意思で固められた視線を交わす。

だが、エルナの中では更に別の問題が発生していた。

ヴィルが王子ということは、続編のヒロインであるリリーの攻略対象の可能性がある。留学予定の国の王子なんて、実に乙女ゲーム向きの設定ではないか。ということは、ヴィルに関わるのは危険だ。

ヒロインの恋路を邪魔するもの、それ即ち、悪。末路はゲームにもよるだろうが、穏やかに幸せに暮らすことは稀な気がする。

「だ、駄目です！　私は邪魔をするつもりはありませんから、冗談でもプロポーズは駄目です」

「邪魔……？　冗談ではないよ。国のために君の力が必要なんだ」

そんなことを言われても、こちらにだって事情がある。懸命に首を振るエルナに構わず、ヴィルは説明を続ける。

「ヘルツ王国は国を挙げて魔力を使える者を育成している。その分、同じ条件ならブルート王国よりも兵力が上になる。そこで魔鉱石を兵器に……爆弾に加工する話が持ち上がった」

「そんなものがあれば、確かに魔法を使える兵士と同等か、それ以上の攻撃力になり得ますね。育成の手間がなくて、誰にでも使えるのでしょう？」

テオドールの問いに、ヴィルは忌々しそうにうなずく。

「魔鉱石の爆弾は製作にかなりの時間と予算を食う。大量に用意するとなれば国の財政が傾きかねないし、使われた方は人的にも物理的にも被害が大きい。……大体、仮にヘルツ王国に勝ったとしても、その隙に他の国に簡単に潰されるだろう」

「では何故、そんな兵器を？」

グラナートのもっともな問いに、ヴィルは苦虫を噛みつぶしたような表情になる。少なくとも彼自身は、その爆弾とやらに対して否定的なようだ。

「第一王子は継承権争いに絡めて、自分の手柄にしようと目論んでいる。第二王子は、本当にヘルツ王国に勝てると思っているらしい」

馬鹿らしい、と言い放つ様子から兄王子への苛立ちが伝わってくる。だがそれが実行されようとしているのだろう。

「何か強みがあれば、有力貴族達を味方につけて俺が次期国王になれる。馬鹿げた兵器を止められるし、万が一にも戦争を起こさずに済む。……虹の聖女の噂を聞いて、藁《わら》にもすがる思いでヘルツ王国に来たが、聖なる魔力の持ち主に会えたのは幸運だった」

そう言うとヴィルはエルナの前にひざまずき、その手を取る。

「ブルート王国とヘルツ王国のために、協力してほしい。——俺と結婚してくれ」

まっすぐに向けられた藍晶石の瞳には一切の曇りがない。

こんなに純粋な好意皆無のプロポーズが世の中にあったのかと感心してしまい、とっさに言葉が出ない。

「勝手なことを言わないでもらえますか」

グラナートはヴィルの手を払いのけると、そのままエルナの手にそっと唇を落とした。

「――ひっ⁉」

想定外の行動に、エルナはこみ上げてきた悲鳴を飲み込む。

麗しの王子がこれぞ王子という振る舞いをしてきた上に手にキスされたのだから、絶叫しなかった自分を褒めたい。目にした光景も手に触れた唇の感触も刺激が強いが、何よりもヴィルのプロポーズに嫉妬したのだろうとわかってしまい、エルナの心臓は爆発寸前である。

こんなことなら「俺の女に手を出すな」的な台詞を聞いた方がまだマシだ。

「エルナさんに先にプロポーズしたのは僕です。未来の妃を横取りされるわけにはいきませんね」

前言撤回、やっぱり駄目だ。

全然マシじゃなかったし、胸が早鐘を打ってうるさい。

どちらにしてもグラナート自身が持つ攻撃力が凄まじかった。半ば呆れて見ているとグラナートと目が合い、同意を求めるように微笑まれてしまう。素の美貌に上乗せして好意が膨らみ、ドキドキが止まらない。

「何だ、先を越されたか。だが正式に発表していないということは、まだ可能性はあるよね」

ヴィルは立ち上がると、にこりと微笑んだ。

これは厄介な予感がする。好意ゼロで打算十割なのだから、曖昧な態度では引いてくれないだろう。

「可能性は、ありません！」

慌てて叫んだせいで思ったよりも大きな声になってしまい、恥ずかしい。だが、ここはしっかりとエルナの意思を伝えなければ。

「殿下は聖なる魔力がなくても構わないと言ってくださいますし、私も殿下のことを――」

……あれ、おかしい。

「あなたのプロポーズは受けないよ」と言いたかったはずなのに、何で公開告白になりかけているのだろう。

一瞬躊躇するが、ここで引いては本懐を遂げられない。エルナはぎゅっと拳を握り締めると、ヴィルの藍晶石の瞳を見つめた。

「正式な発表はまだですが、私は殿下のき、妃に、なる……つもり、です！」

拳をふるふると震わせながらようやく言い切ったが、呼吸は乱れているし、顔は熱いし、恥ずかしくてこの場から逃げ出してしまいたい。だが返答を聞かなければ流されてしまうかもしれないので、唇を噛んでぐっと耐える。

その瞬間、エルナの心臓の限界を悟ってくれたのか、休み時間の終わりを告げる鐘が鳴り響く。

ヴィルは何度か目を瞬かせたかと思うと、困ったとばかりに笑った。

「エルナの気持ちはわかった。本当ならお幸せにと言いたいところだが、俺にも事情があるから、引けないな」

「そんな」

無駄にグラナートの妃になる宣言をしただけというのもつらいが、何よりもここで粘られても困るのだが。

「王子の妃になろうと決意したのなら、国のために何が最善なのか……考えてみて」

ヴィルの声は穏やかなのに、発された言葉は鋭利な刃物のようにエルナの心に突き刺さった。それを庇うかのようにグラナートがエルナの肩を抱き寄せ、そのぬくもりに少しだけ心が落ち着く。

するとヴィルはやれやれとばかりに首を振った。

「そんなに睨まないでよ。今日のところは退散するからさ」

ひらひらと手を振って立ち去る姿を見送って、ほっと息をつく。エルナはそこでようやく自分の置かれた状況に気が付いた。

グラナート本人に加えて兄と隣国の王子の前で「妃になる」と宣言し、肩を抱かれている。

これは控えめに言っても、恥ずかしさで死ねるのでは？

……うん、死ぬ。

即座に答えを導き出したエルナは急いでその場を離れようとしたのだが、一歩遅かった。グラナートに手を握られ、そのまま自然にベンチに座らされてしまう。

「テオ」

「はいはい、どうぞごゆっくり」

グラナートの言葉を待たずに去っていくテオドールの後姿を、今日ほど恨めしいと思ったことはない。いっそ後を追いたいが、手を握られているこの状況では不可能だ。そして隣に座られてしまえば逃げるに逃げられない。

鐘は鳴ったけれど、話をつけないことにはグラナートは動かないだろう。仕方がないと腹をくくったエルナは、ため息と共にベンチの背もたれに体を預けた。

「エルナさん、大丈夫ですか？」

「はい。……ヴィルが言ったことは本当なのですよね」

ヴィル――ヴィルヘルムスが王子だというのは、グラナートの様子を見れば真実だとわかる。ノイマン領の祭りで顔を合わせた時の反応からすると、今まで直接会ったことはないのかもしれないが。

何にしてもブルート王国では魔鉱石を使った爆弾が作られており、ヘルツ王国との戦争の可能性すらあるということだ。

「はい、恐らくは。ヴィルを見かけてから僕の方でも調べましたが、ブルート国内でキナ臭い動きがみられるようです」

「戦争に……なるのですか？」

「させません。陛下も兄もそれを望んでいませんから、大丈夫です」

そうは言っても、物騒な爆弾付きで攻め込まれれば無抵抗でいるわけにもいかないだろう。戦争に関わった経験などないけれど、それが何ももたらさない悲惨なものだというのは想像に難くない。避けられるものなら避けたいに決まっている。


『王子の妃になろうと決意したのなら、国のために何が最善なのか……考えてみて』


さきほどのヴィルヘルムスの言葉が、脳裏から離れない。

家族も友人も領地も、危険に晒されるのは御免だ。もともと跡取りでもない貴族令嬢なんて、家のために嫁に行くのが普通の世界。戦争回避のため、国のため、グラナートのためにも、ヴィルヘルムスと結婚するというのもありなのかもしれない。

聖なる魔力が必要だというのならば、エルナを蔑《ないがし》ろにすることはないだろう。それだけで戦争が防げるのなら、安いものではないか。グラナートは見目麗しく優しい人だから、いくらでも素敵な女性が見つかる。

そう思うのに……胸が苦しい。

「エルナさん」

「は、はい」

思考に耽っていつの間にかうつむいていたエルナは、慌てて返事と共に顔を上げる。するとグラナートが心配そうにこちらを見つめていた。

「ヴィルの言ったことは気にしないでください」

「ですが」

先ほどは『虹色パラダイス』のことで頭がいっぱいだったので拒否したけれど、本当にそれが正しいのかわからなくなってきた。このまま戦争になるくらいなら、ヴィルヘルムスと結婚してリリーの恋の障害となった方が被害は少ない。

エルナが悪役令嬢として断罪されれば、皆平和に暮らせるのだろうから。

「殿下、あの」

開きかけた唇に、美しい指がそっと触れる。決して力を込められたわけではないのに動くことができない。

「エルナさんの言葉、嬉しかったです」

「え？」

間の抜けた声を漏らすエルナに、グラナートはにこりと笑みを返す。

「僕の妃になるからと、ヴィルの申し出を断ったでしょう？」

「あ、いえ、その」

確かに言った。

既に告白しているし、両想いだし、王子妃の教育も受けているし、ごく普通の返答だったと思う。

だが、それと羞恥心はまた別の話。

後悔はしていないけれど、恥ずかしいものは恥ずかしいのだ。

「とても嬉しかった」

グラナートの声が耳に届いたと思う間もなく、その腕に包み込まれた。

抱きしめられているというのはわかる。だがここは学園の庭で、人が来るかもしれなくて、何だか温かくて、いい香りがする。

混乱しながらもしっかりと堪能するエルナの頭を、大きな手がゆっくりと撫でた。

「戦争回避のためならヴィルと結婚してもいいなんて……思っていませんよね？」

「え、あの」

よくはないけれど、仕方ないのかなとは思った。

だが今それを言ってはいけないと、本能が告げている。

「国益を優先するのなら、有力貴族の令嬢か他国の姫を娶るでしょう。それをせずにあなたを選んだ僕が、今更手放すと思いますか？」

「お、思いま……せん」

自由に見えて一択の回答を口にすると、グラナートは腕を緩めてエルナの顔を覗き込む。吐息がかかるほどの至近距離に、美貌という言葉が裸足で逃げ出すような整った顔がある。正直に言えば麗しすぎて呼吸が苦しい。

「はい。正解です」

嬉しそうに柘榴石の瞳が細められ、同時にエルナの鼓動が盛大に踊り始めた。呼吸と心拍が同時につらくなるのだから、美少年というのは心を癒すけれど体には厳しい生き物だ。

悲鳴回避の現実逃避でそんなことを考えながら、ぼんやりと目の前の美しい少年を見ているとその顔が接近し、エルナの額に何かが触れる感触がした。同時にチュッというリップ音が聞こえ、微笑むグラナートが見える。

これはもしかして、もしかしなくても、額にキスされた……⁉

その衝撃の事実に、エルナの脳が限界を告げた。

「――ほ、補習があるので失礼しますっ！」

叫びながら勢いよく立ち上がると、そのまま走り出す。

単純な筋力勝負ならば負けるかもしれないが、スタートダッシュを決めたエルナに追いつくのは至難の業だろう。姉のペルレのことを考えるとグラナートも俊足という可能性も否定できないが、とりあえずここは色々察して黙って見送ってほしい。

だって、ちょっと無理だ。

額にキスされたこと自体は、決して嫌なわけではない。それどころか嬉し恥ずかしというやつだが、いかんせん衝撃が凄まじい。世の恋人達はもっといちゃいちゃしているはずだし、エルナの耐久力が低いということだろうか。

いや、これはグラナートが放つ問答無用の色気のせいだ。顔がいいのは言うに及ばず。更に抱きしめられたし、いい香りだったたし、嬉しかったとか手放さないとか言われたし。その上、額にキスされて平然としていられるはずがない。

だからこれは逃避ではなくて、生命維持と安全確保の退避なのだ。

そう自分に言い聞かせながら学園内を風のように走り抜けたエルナは、目的の扉を勢いよく開けた。

「魔力確認の補習に来ました！　エルナ！　ノイマンです！」

荒い呼吸のまま名前を叫ぶと、机に向かって書き物をしていたらしい男性が驚いた様子でこちらを見た。

よく考えたら遅刻したくせにノックもそこそこに扉を開けて大声で名乗るなんて、失礼を通り越して不審者だ。補習を断られたらどうしようと、少し怯えながら様子を窺う。

すると芸術点が貰えそうなボサボサ頭の男性はしばし固まり、そして口元を綻ばせた。

「……ああ。さすが、ユリアの娘だね」

楽しそうにそう言うと、男性は立ち上がりエルナを手招きした。

入口にうずたかく積まれている本に圧倒されながら部屋に入り奥まで進むと、補習担当の講師——ゲラルト・ダンナーは椅子から立ち上がり、じっとエルナを見つめる。

「テオドールとも雰囲気が似ているね。兄妹なだけはある」

うんうんとうなずくと、ダンナーは部屋の奥にある箱の山から何かを探し始めた。本といい箱といい、この部屋は物を積み上げすぎだ。案の定どんどん箱が崩れ落ちていくのだが、それを気にする様子はない。

ダンナーはレオンハルトやテオドールの在学中にも担当していた講師で、虹の聖女であるユリアのことも知っている希少な人物だと教えられた。確認する術はないが、恐らくは前作の『虹色パラダイス』の攻略対象の一人なのだろう。

ボサボサ頭ではあるけれど不潔な身なりというわけでもなく、むしろ分厚い眼鏡の奥には整った顔が見え隠れしている。年代的にも、ユリアと同世代。更にユリアを虹の聖女と知っているという事実からも、その疑いが濃厚である。

優秀な研究者だけど人との関わりを嫌っていたところを、ヒロインの魅力で心の扉を開いていく。

登場人物が美人であることを前提に、よくある流れだ。

エルナが勝手な予想をしている間に目当ての箱を見つけたダンナーは、机の上に黒い石を置く。

ピカピカに磨かれていること以外は普通の石に見えるそれに左手で触れると、右の手のひらをエルナの前に差し出した。

「これはブルート王国の特別製だよ。右手を石に乗せて、左手を僕の手の上に乗せてくれるかい」

言われるままに手を乗せながら思い出したが、この魔力確認の授業でパートナーになってくれとグラナートに言われたのだった。当時は何の死刑宣告かと思っていたが、あれはエルナが虹の聖女と関係があるのかを調べたかったのだろう。

グラナートは魔鉱石も手をつなぐパートナーも不要で、名前を呼ばれれば大体わかると言っていた。ならばエルナがさっさと名前を呼んでいたら話が早かった……いや、やっぱりあの状況で名前を呼ぶのは無理だ。

「それじゃあ、僕の名前を言ってくれる？　先生とか敬称はつけないで。判定の邪魔になるから」

「はい」

ということは授業に出てうっかりグラナートと組んだ日には、衆人環視の中で手をつないで呼び捨てという、世にも恐ろしい事態になっていたのか。

乙女ゲームのイベントは、恋するヒロイン以外にはえげつない。エルナは側妃にちょっとだけ感謝したくなった。

「ゲラルト・ダンナー」

エルナがその名前を口にした途端に、真っ黒だった魔鉱石が眩い光を放つ。シャボン玉のように色を変えながら虹色に光るとやがて光は落ち着き、もとの真っ黒な石に戻っていた。時間としては短いけれど、鮮やかな光の変化が美しい。

エルナが感嘆の息をつくと同時に、ダンナーが大きくうなずいた。

「やはりテオドールと同じく、聖なる魔力を持っているね。輝き方からして君の魔力の方が強そうだ」

どうやら不思議な光景にも慣れているらしく、ダンナーは淡々とエルナに説明する。

「そうなのですか？」

「補習で良かったよ。授業でこんな光り方をしたら、大騒ぎになるところだ」

それは確かにそうかもしれない。聖なる魔力で虹色に光ったというのなら、本来は単色だったり光が弱かったりするのだろう。どう考えても目立つし不自然なので、本当に授業に出られなくて良かった。

「懐かしい輝きだな。ユリアはよく魔鉱石を爆発させていたものだよ」

ダンナーはうっとりと目を細めながら、何やら物騒なことを言い出した。

「爆発ですか？」

「ああ。学園の研究室に閉じこもりきりだった僕は、この光と共に扉を弾き飛ばされて外の世界に出たんだ」

何ということだろう。ユリアは心の扉を開くどころか、物理的な扉すら吹き飛ばしていたようだ。

「虹色に光る魔鉱石が僕の頬を叩いてくれたおかげで、目が覚めた。……何でも聖なる魔力が本当にあるのか試してみたと言っていたな」

髪に隠れていた頬の古傷を撫でながらしみじみと語っているが、それは単に爆発に巻き込まれて扉ごと吹っ飛ばされた上に怪我をしただけではないのだろうか。何やら幸せそうなので突っ込みづらいが、どう考えてもただの負傷者で被害者だ。

……もしかしてダンナーは、聖なる魔力に浮かされたことでユリアに『説得』された人物の一人なのかもしれない。

「ユリアは魔力が迸っていたし、テオドールも魔力があるのはわかったけれど……君は普段はほとんどわからないね」

魔鉱石を丁寧に箱にしまいながら、ダンナーが呟く。

「魔力自体はテオドールよりもあるとなると、制御が上手いのかな」

「よくわかりません。自分に魔力があることも知らなかったので」

「それなら、抑制しているんだろうな」

「抑制ですか」

そうさ、とダンナーは魔鉱石の箱を机の横に置くと、椅子に座りなおした。

「人はね、普段は数割程度の筋力しか使わないと言われている。全力を出すことで筋が切れたり骨が折れたりするのを防ぐためだ」

机の上の書類に何やら書き込みながら、ダンナーは続ける。

「それと同じだよ。聖なる魔力を使うのは間違いなく体にとっては負担だから、無意識に抑制をかけているんだろう」

何を書いているのか気になってダンナーの手元を覗き込んでみると、どうやら補習の内容を記入しているらしい。

『魔力素養・あり。程度・並。系統・防御系』と書いてある。テオドールのお墨付きがあったので大丈夫だろうと思ってはいたが、聖なる魔力のことは内密にしてくれるらしい。

防御系というのはよくわからないが、攻撃や治癒などと書かれてそれができないと困るし、無難なかわし方だと感心する。

「今まで魔力があるはずないと思っていたのなら、それも抑制がかかった原因だろうね」

ユリアは強く願ってそれを力に変えると言っていた。元々魔力の存在自体が他人事だった上に、ヒロインでもないのに聖なる魔力を持っているはずがないし使えるはずがない、という思いも影響しているのだとしたら、抑制というのもしっくりくる。

「ユリアの場合は普段から全力で、有事には更に割増で力を出せる人外の規格だったけれど」

補習記録を書き終えたダンナーはペンを置くとそう言って笑う。

仮にもロマンスの可能性があった人に人外と言われるとは。あの母は本当に、どれだけ物騒なのだろう。

「先生、この魔鉱石はブルート王国製なのですよね。例えば魔鉱石を爆弾にするのは……可能でしょうか？」

「さすがユリアの娘。発想が物騒だね」

「ち、違います！　これはただの疑問で」

魔鉱石爆弾を作るのは時間もお金もかかる、とヴィルヘルムスは言っていた。製作が困難なら話はだいぶ穏便になりそうなのだが。

「技術的には可能だと思うよ。加工の手間暇と製作費はとんでもないと思うけれど。ただ、どんな方法であれ、魔力が宿った石を改造すれば魔力を捻じ曲げることになる。それは、ひずみを生む。……ろくな結果にはならないね」

忌々しいと言わんばかりに、ダンナーは眉を顰めた。

「どういうことですか？」

「魔力にはそれぞれ性質がある。人間は自分が持つ、自分に合った魔力しか扱えない。ここまではわかるね？」

例えばリリーならばヒロインに相応しい魔力を持ち、それに合った治癒の魔法を使う。リリーがいくら魔力に恵まれていようとも、他者がそれを勝手に使うことはできない……ということだ。

「魔鉱石にも本来の性質というものがある。現在使われているのは、その性質に合った加工品だ。例えばさっき使った石は、魔力に反応して光る性質を利用している」

なるほど。その光を見て、対象者の魔力の質を見分けるわけか。

「魔鉱石の中に爆発する性質を持つものはない。仮にあったとしたら加工前に爆発しているし、それ以前に鉱山が爆破されるだろうから、結局は存在しない」

そう言われればそうなのだが、ペンを再び取ったダンナーが紙に山が爆発する絵を描くものだから、そっちが気になって仕方がない。

話の流れで何となくわかったが、初見だとどう見ても三角おにぎりにカビが生えた絵だ。深刻な話なのに笑いそうになるので、ちょっと控えてほしい。

「それを無理矢理変化させれば、行き場のない魔力にひずみが生じる。これは毒のようなものだ。程度にもよるだろうが、植物の成長に影響を与えたり、最悪の場合には人の命にも関わるだろう。

……もはや呪いだね」

「呪い」

もしもブルート王国が攻めてくれば、その爆弾が使われるのだ。

急に現実味を帯びた不安が、エルナの背筋を冷たく撫で上げる。

『そう。今度は、学園生活だけじゃなくて国を巻き込む事件が起きて、選択肢が国の命運を決めるんだって。結構シリアスな展開もあるのかな』

あれは、ブルート王国の侵攻のことを言っているのだろうか。そうだとすると、リリーの選択次第でこの国はかなり危険なことになるかもしれない。

『ブルート王国とヘルツ王国のために、協力してほしい。——俺と結婚してくれ』

そう考えるとあの提案も少しは理解できるけれど……果たしてそれで本当に侵攻や戦争を回避できるのだろうか。

仮にヴィルヘルムスが攻略対象だとすると、その婚約者というのはヒロインのリリーから見ればライバル……即ち悪役令嬢のポジションになる。

「聖なる魔力を持つ聖女」という役割をリリーがこなせば問題ないのだろうが、今のところ彼女が持つ力は治癒の魔法だけ。聖女を探すヴィルヘルムスにとっては、事態打開の切り札にはなり得ないのだろう。

あるいはかりそめの婚約者からヴィルヘルムスを真実の愛で奪い返すという形が、ロマンス的にはいいのだろうか。聖なる魔力と結婚したいだけのヴィルヘルムスとエルナでは、奪い返す愛情が元々ないので盛り上がりに欠けると思うのだが。

「……何にしても難しい問題ですね」

エルナはため息をつくと、とぼとぼと帰路についた。

✦ 閑話 ✦ ヴィルヘルムスの呟き

ヴィルヘルムスがその祭りに行ったのは、偶然だ。

虹の聖女は伝説のようなもので、はっきりとした存在を示す話はない。

とりあえずヘルツ王国に行けば何かわかるかもしれないと入国したものの、当然これといった当てもない。伝承の類は逆に田舎に残っていることも多いだろうと、王都までの道のりをかなり遠回りして移動をしているところだった。

活気のある祭りの中を通り過ぎようとしたのだが、小さな刺繍が施された何の変哲もないハンカチを見て肌に突き刺すような痺れを感じる。

技術大国で魔法にはほとんど縁のないブルート王国だが、王族は魔力持ちが多く、ヴィルヘルムスもその一人だ。国の中では比較的魔力に恵まれている方だが、ヘルツ王国のように育成機関が整っていないのでたいした魔法は使えない。

その魔力が震えるのがわかった。今までに経験したことがない感覚だ。

「このハンカチ、君が作ったの？」

小さな露店の店番をしていたのは、灰色の髪に水宝玉の瞳の至って普通の少女だ。

「はい、そうです」

「君の名前は？」

「エルナです」

立ち居振る舞いや服装からして、ただの町民ではなさそうだ。地方貴族か有力商人の娘あたりと思われるが、とりたてて変わったところはない。

ということは、この妙な感覚はハンカチが原因なのだろうか。

「いい名前だね。俺はヴィル」

「ヴィルですね。良かったら、お一ついかがですか？」

エルナと名乗った少女がヴィルヘルムスの名前を呼んだ瞬間に再び、少しだけ痺れるような感覚がやってきた。机に並べられたハンカチをじっと見てみると、今までに感じたことのない不思議な魔力が僅かに滲んでいる。

——見つけた。

「じゃあ、エルナ。ハンカチを買うから、俺と結婚しよう」

歓喜と興奮で、ヴィルヘルムスは思わずそう口にしていた。ただの勘だ。だが、それが正しいと、ヴィルヘルムスにはわかった。

これが探していたものだ。この力を、必ず手に入れる。

その思いだけが体を動かし、ヴィルヘルムスはエルナの手を取りひざまずいた。

＊＊＊＊＊＊＊

「ヴィルヘルムス王子、ですね」

どこからか紅の髪の少年が目の前に現れる。エルナのそばに金髪の美少年がいた時から、こうなるのはわかっていた。

「……君は？」

「グラナート殿下の護衛を務めています。テオ・ベルクマンと申します」

「何の話かわからない、と言っても……信じてはくれなさそうだね」

黒曜石の瞳の少年は、静かにうなずいた。

「グラナート第二王子がわざわざそばについているなんて、エルナは余程大切なお姫様なんだね」

「ヴィルヘルムス王子の非公式訪問について、殿下は懸念を抱いています」

かまをかけたつもりだが、まったく引っかからない。これはなかなか面倒なことになりそうだ。

「ウチがごたついているのは知っての通りだが、俺は揉め事を起こしに来たわけじゃない。探し物をしているだけだ」

「探し物、ですか」

「俺はこの国に危害を加えるようなことはしない。それは信じてほしい」

ヘルツ王国とはいずれ貿易関係を強化していきたいところだ。無用な諍いは避けたかった。

「では何故、田舎町の娘に突然求婚を？」

痛いところをつかれた。

グラナートがこんな田舎町にまで来ているのだから、エルナには何かあるのだろう。だが、それを言ってしまえば警戒されかねない。虹の聖女が存在するとしたら国家級の極秘事項のはずだ。急いてはこの国から追い出されてしまう。

「ひとめぼれ、というやつかな」

「……そうですか」

テオと名乗る護衛は納得していないようだが、とりあえず即刻国外追放するわけではなさそうだ。

「殿下からの伝言です。『国に仇なすことがなければ、訪問は歓迎する。だがエルナには関わらないように願いたい』だそうです」

「へえ。つまりグラナート王子は恋敵というわけか」

軽い調子で答えると、テオの眉間に皺が寄るのがわかった。

「これは私個人の独り言ですが……軽々しくひとめぼれなどと言わない方がいいですよ。その言葉に縛られかねませんし」

そう言うと、テオは現れた時のようにすっと姿を消してしまった。ヘルツ王国は魔法に重きを置いているという印象だったが、なかなかどうして使える人材も多そうだ。

テオを見て確信したが、兄達の目論見はきっと失敗する。その代償と末路は……戦争か。あるいは国の衰退か滅亡か。

ヴィルヘルムスはため息をつくと、空を見上げる。

「ひとめぼれなんてしないから、大丈夫だよ」

国のために生きると決めたから、そんな感情はいらない。

欲しいのは恋心ではなく、力なのだから。

＊＊＊＊＊＊

「ディートに帰国するそうだね」

ヴィルヘルムスの言葉に、学園の庭を従者と共に散歩していたアンジェラは足を止める。胡散臭そうにこちらを見ると、これ見よがしにため息をついた。

「私を避けていたくせに、帰国するとなったら声をかけるとは。軟弱な放蕩《ほうとう》王子の噂は真実だったということかしら」

「おや、ばれていたのか」

アンジェラとは王子として何度か挨拶を交わしたことがある。変装して学園にいる以上、正体がばれることは避けたいので、接触しないように心がけていた。おかげでエルナのそばにも近寄れなかったのだが、これからは少しは動きやすくなるだろう。

「それで？　わざわざ挨拶しに来たわけではないのでしょう？」

グラナートに見せるひとかけらの愛想さえも排除したその顔は、まさに誇り高き軍事大国の王女。厄介ではあるが、彼女が敵でないことはわかっているので問題ない。

「最新の情報を知っておきたいなと思って。何せ俺はしがない外国の一貴族なもので」

「白々しい」

アンジェラはそう言いながらも従者に目配せをする。従者は少し離れて周囲を警戒しており、この話が第三者に聞かれることはないだろう。

「今は私がこの国に滞在しているので、周辺に動きはありません」

「まあ、そうだろうね。万が一にもディートの王女を巻き込めば、軍事大国との戦争……いや、国力の差からしてあっという間に制圧間違いなしだ」

「自分の国のことでしょう？　随分とのんきね」

「俺の持つ手札なんて、ボロボロの紙切れ以下だからね。虚勢を張っても仕方ない」

正直に答えたのだがアンジェラのお気に召さないらしく、綺麗な顔を盛大にゆがめている。

「私が帰国すれば、恐らくは抑えられていたものが動く。……あなたがどうなろうとかまわないけれど、グラナート様とあの子に迷惑をかけないでちょうだい」

吐き捨てるようにそう言うと、アンジェラは従者を伴って立ち去る。

「ついに、動き出すか」

魔鉱石爆弾の数を揃えるのにもう少し時間がかかるだろうが、兄王子達の愚行を止められるか否か、ここが勝負だ。ブルート国内でヴィルヘルムスに協力してくれている者達のためにも、できる限りのことをしなければ。

「そういえば、グラナート殿下はわかるけれど……あの子、って」

エルナがアンジェラを庇って怪我をしたという話は聞いているが、それに恩義を感じるような人間でもなさそうなのに。

それとも、アンジェラも何か変わったのだろうか。

どうにもならない想いを抱えるようになった、ヴィルヘルムスのように。

「本当に、何もかもままならないよなあ……」

空に向かって息を吐きながら、ヴィルヘルムスはそっと呟いた。

✦第八話✦　聖なる魔力の抑制

何があろうとなかろうと、日は沈み、また昇る。

翌日も学園に通うエルナはいつものように中庭のベンチに座り、リリーがその髪を梳かす。

鼻歌まで歌って実に楽しそうだが、美少女が笑顔だとこちらの気持ちも癒されるのだから、偉大な存在だ。

「エルナ様。ブルート王国では平民の職人の中にも、議会の発言権を持つ人がいるそうですよ！素晴らしいですよね」

リリーは丁寧に髪を梳きながら、ブルート王国についてあれこれ話を始める。もともと可愛らしい顔立ちだが、こうして楽しそうに微笑む様はもはや天使。エルナの頬も口元も自然に緩んでしまう。

「詳しいですね」

「ヴィル様に教えてもらいました。政治だけでなく水道や道路整備に魔鉱石加工職人の技法まで色々と詳しいので驚きました。今度エルナ様も一緒にお話を聞きましょうね」

リリーは文字通り弾けるような笑顔で、ブルート王国の道路整備事情について熱く語り始めた。あまりにも容姿に恵まれているために色々あったらしく、リリーは貴族男性に対して点が辛い。

だが、この様子だとヴィルヘルムスに少しは好意がありそうだ。もともと「官吏になりたい」というしっかりとした夢を持った子なので、国の状況を把握して語れるヴィルヘルムスに惹かれたのかもしれない。

非の打ちどころのない美少女リリーに好意を向けられれば、当然ヴィルヘルムスだって気になってくるだろう。『虹色パラダイス』の続編がいつから開始なのかはわからないが、この調子だとリリーは隣国王子ルートに進むのかもしれない。

それはつまり、何らかの事件が起こりかねないというフラグでもある。

エルナは心の中でため息をつくと、気を取り直して美しい虹色の髪を眺めた。

「リリーさんは髪の毛をいじるのが好きですよね。自分の髪はいじらないのですか？」

リリーの髪は奇跡のレインボーカラー。

それほど長さはないが、例えば三つ編みしてもエルナのような黒っぽい地味な縄にはならず、華やかさ満点なのは間違いなし。更にそれを引き立てる可愛らしい顔までセットなのだから、絶対にリリーの方がお得なのに。

「自分の髪ではつまらないです。エルナ様に似合う髪型を探すのが楽しいのですよ」

「そういうものですか？」

「そういうものです」

もったいないとは思うけれど、破格の美少女が髪型まで可愛らしかったら無敵だ。リリーはただでさえ男性に絡まれるのだから、あまり自由にできないのかもしれない。

美少女というものは、思った以上に苦労が多そうだ。

「今日は殿下とダンスのレッスンですよね。うんと可愛らしく結いましょうね」

「ええ？　邪魔にならなければ何でもいいのですけれど」

「駄目です。エルナ様に希望がないなら、私の好きにさせてくださいね」

そう言うなり髪をいくつかに分けて器用に編み始める。

「ああ。エルナ様の髪を結っていると心が落ち着きます」

「大袈裟ですねえ」

エルナとしてもレッスンと移動で疲れている中、こうして話すのは憩いのひと時だった。

美少女は疲労にもよく効くのである。

「これで仕上げです」

どこからか白い花を取り出したリリーは、それをエルナの髪に挿し込んだ。

「はい。とても可愛らしいです」

にこりと微笑む虹色の髪の美少女が眩しくて、思わず目を細める。可愛いという言葉は、彼女のために存在するのだろう。

「えー。もう、可愛くて器用で男前とか、どれだけですか。リリーさんに惚れちゃいます」

「ありがとうございます。でも、そういう言葉は殿下にかけて差し上げてくださいね」

「殿下は綺麗な顔ですけれど、可愛いとは違う気がします。器用かどうかも知りませんし……何を言ったらいいのやら」

悩むエルナを見て、リリーはくすくすと笑う。鈴を転がしたようという表現がぴったりの可愛らしい声に、エルナの口元は緩みっぱなしである。

「では、この髪型はどうか聞いてみてください」

「髪型ですか？」

なるほど。リリー渾身の作品の出来を評価してもらう、ということか。よほど自信のある編み込みなのだろう。

それならエルナも聞きやすいし、グラナートも答えやすいだろうから、いいかもしれない。

「わかりました。聞いてみます」

微笑んでうなずくリリーの意図を、エルナはまだ理解していなかった。


「……殿下、遅いですわね」

アデリナがぽつりと呟く。

ダンスレッスンの時間はとうに始まっているのに、室内にグラナートの姿はなかった。

「やっぱり忙しいのですよ。殿下が来なければテオさんも来られませんし、講師を探した方がいいのではありませんか?」

アデリナに言われたステップを一人で練習しながら、エルナは提案する。

今日はアデリナが用意してくれた、袖も丈も長い上品な白のワンピースを着ている。エルナが回るたびにふわりと裾が広がって、何だか少し上達したような気分になれた。リリーが丹念に編み込んでくれたおかげで、髪の毛も邪魔にならず動きやすい。

こうしてみると、装いを整えるというのは結構重要なことだとわかる。

後からワンピースの代金を支払うのだと思って金額を聞くと、アデリナに眉を顰められた。何でも妃教育には相応の予算が組まれているので、そちらに請求するから問題ないという。

それすらも教えられていないなんておかしい、とアデリナは怒り心頭だ。

「基本中の基本から叩き込む必要がありますわね」という言葉の通り、アデリナは細部に至るまで事細かくエルナに指導をした。歴史に外交にマナーに国内の勢力図まで、もはやアデリナにわからないことはないという知識量だ。

エルナは寝る間も惜しんで学ぶほどだったが、これが普通の貴族クオリティなのだろうから、仕方がない。田舎でのびのび遊んでいたツケが回ってきたのだ。

日本の記憶からアリとキリギリスの童話が出張してきたが、切なくなるのでやめてほしい。

アデリナによるダンスのレッスンは今日が初めてだが、その完璧な御令嬢ぶりには、頭が下がる。下がりすぎて、もはや上げようという気もおこらない。地べたに寝転んで、頭上に輝く星《アデリナ》を眺めるばかりだ。

せめて言われたことは頑張ろうと、エルナは一人でステップを踏み続けていた。

「殿下は律儀な方ですから、遅れるのなら連絡があるはずですわ。……何かあったのかもしれませんわね」

アデリナがほんの少し眉を顰めたのに反応するかのように、ちょうど扉が開かれてグラナートが入ってくる。

「遅くなってすみませんでした」

少し疲れた表情のグラナートは、そう言いながら手早く上着を脱ぐとソファーに置いた。遅れてテオドールも部屋に入るが、こちらも表情は硬い。

心配になったエルナは、グラナートの元に駆け寄る。

「大丈夫ですか？　殿下の負担になりますし、やはり講師を探した方がいいのでは」

グラナートは公務で忙しいはずなので、無理にエルナに付き合わせるのは忍びない。だが心配するエルナをよそに、グラナートは何も言わずに固まっている。

「……あの、殿下？」

もしかして具合でも悪いのだろうか。エルナが覗き込むと、グラナートは慌てた様子で首を振った。

「いえ、大丈夫です。……それより、そのワンピースは」

「これはアデリナ様が用意してくれました。可愛いですよね」

スカート部分をつまめば、それに伴って生じるひだも波打つように優雅。卑猥なワンピースとはまったく違う。

さすがはミーゼス公爵家とその令嬢。用意するワンピース一つとっても、完璧だ。

「そうですね」

「そうだ、この髪型どうですか？　リリーさんが編んでくれたのですが」

リリー渾身の作品の出来を評価してもらおうとエルナが見上げると、グラナートは優しく微笑んでいる。

「似合っています。とても」

「――え？　いえ、そうではなくて。リリーさんの腕前が凄いという話で」

技術の評価の話であって、エルナがどうという問題ではないのだが。

「可愛いです」

「――か、かわ！」

エルナの何倍も麗しいグラナートからの、まさかの言葉。夜空に輝く月に「あなたも輝いていますね」と言われて、石ころが本気にするわけがない。とても信じられないが嬉しい気持ちもあるので、どうしたらいいのかわからない。

動転したエルナは、思わずアデリナの陰に隠れた。

「……いちゃつくなら二人だけで頼みますよ」

「本当ですわ」

呆れ声のテオドールに同意したアデリナは、エルナの肩に手を添える。

「ほら、始めますわよ」

「ま、まずはお手本が見たいです！」

アデリナは一瞬険しい顔をしたが、すがりつくエルナの眼差しに負けたらしく、ゆっくりとため息をついた。

「……ちょっとだけですわよ」

そう言うと、ちらりとテオドールに視線を向ける。

「いや。俺は踊る機会も少ないし、手本にはならないと思う」

テオドールが手のひらをひらめかせて「無理」と訴えると、アデリナは少しほっとしたような、残念そうな表情を浮かべた。

エルナとしてはアデリナとテオドールを踊らせてあげたかったのだが、麗しの公爵令嬢のお相手となれば気が引けるのもわかる。大変に残念だが、もう少し場に慣れたら気持ちも変わるだろうから、また機会を設けよう。

「では、殿下。わたくしが相手で申し訳ありませんが」

「こちらこそ」

そう言ってアデリナが差し伸べた手をグラナートが取り、二人は踊り始める。

グラナートの淡い金髪が揺れ、アデリナの銅の髪が翻る。まるで氷上を滑っているかのように滑らかで、目を奪われてしまう。波打つスカートの裾まで計算されつくしたかのような、一切の無駄がない美しい動き。それはまるで一幅の絵のような光景だった。

「……もう、あの二人が踊っていれば世界が平和になると思いません？」

「ああ」

「凡人がどう頑張っても、あの気品は出ませんよ。もはや神々しくて、このままずっと見ていたいです」

「本当にな」

ノイマン兄妹は王子と公爵令嬢のダンスを見ながら、しみじみとうなずく。

「大体、あの距離感で足を踏まずにいられる奇跡」

「――おまえ、そのレベルなのか。大丈夫か」

妹のダンスが思った以上に低レベルなのかと心配になったらしく、テオドールが眉を顰める。

「まだ踏んだことはありませんよ。踏みそうだから離れたくなるのです」

「まだ、って。離れるから踊りにくいんじゃないのか？」

「接近したら、本格的に踏むではありませんか。致命傷です」

「いや、どんな勢いで踏むつもりだよ」

「だから踏んでいませんよ。まだ」

「おまえなあ……」

テオドールはやれやれとばかりにため息をつくと、エルナの手を引いて自身に引き寄せる。

「それなりに密着しないと、腰が引けてかえって踊りにくい。この状態なら動きやすいだろう？」

そう言って基本的なステップを踏むが、確かに踊りやすかった。

「これはテオさんだからこの距離なのですか。このくらいなら平気です」

「何の話だ？」

「先生はもっと密着するので動きにくくて。距離感がわからなくて足を踏みそうになるから、離れたくなるのです」

体が離れていると踊りにくいと言われても、ダンス自体に慣れていないエルナには難しかった。

「密着ってどのくらいだ？」

「これくらいですかね」

テオドールの胸に顔をうずめると、頭上から兄の舌打ちが聞こえた。

「……あの野郎」

「どうしました？」

「これじゃ、ダンスじゃなくて抱擁だ。おまえ、ダンスレッスンにかこつけて嫌がらせされていたんじゃないか？」

「ええ！　これもですか⁉」

こだわりダンスさんは卑猥なワンピースで、熱血ダンスさんは無駄に密着。どれだけエルナが気に入らなかったのだろう。そして気付いてない自分が何だか恥ずかしい。

「――どうしました？」

エルナの叫びに、慌てた様子でグラナートとアデリナが駆け寄ってきた。事の次第をテオドールが説明すると、二人の表情がどんどん険しくなっていく。

「解雇だけでは手ぬるいですわ、殿下」

「そうですね。しかるべき対応を取りましょう」

「俺からもお願いします」

三人の妙な連携に口を挟むのが難しい。当の本人がそっちのけなのはおかしい気がするけれど、エルナの被害者意識が薄いので仕方がないのかもしれない。

「では、気を取り直して始めますわよ」

アデリナに促され、エルナはグラナートの前に立つ。

熱血ダンスさんの密着は嫌がらせだったらしいので、グラナートは大丈夫。そう頭ではわかっていても、やはり何となく身構えてしまう。

「よ、よろしくお願いします。殿下」

「こちらこそ」

緊張しているのが伝わったのか、グラナートはエルナの手を取るとにこりと微笑んだ。

「練習ですから、楽にしてくださいね」

そう言ってエルナを優しく引き寄せると、流れるように踊り始める。

熱血さんのように無駄に密着はせず、けれど離れすぎない丁度良い距離感。エルナの動きを妨げず、次のステップを誘導するような踊り方。グラナートは踊りも上手だからリードしてくれるとアデリナが言っていたが、まさにその通りだった。

「凄い！　とっても踊りやすいです」

「それは良かった」

興奮のあまり声を上げると、グラナートが嬉しそうに微笑む。

これはお世辞でも何でもなく、本当に踊りやすさが天と地ほども違う。エルナ自身の技術が上達したと勘違いさえしてしまいそうだ。相手次第でこうも違うものなのか、と感心しきりである。

「先生とは全然違います。テオさんも言っていましたが、密着しすぎると踊りにくいものですね」

距離感がつかめれば足を踏む心配も減り、離れようと体が強張ることもない。以前は強張る体を腹筋や背筋でどうにか支えていたので、筋肉痛が酷いものだった。

そういう意味では、嫌がらせとして熱血さんの選択は間違っていなかったのだろう。

「……密着しすぎ、ですか」

グラナートは少し低い声でそうつぶやいたかと思うと、エルナを自分の胸に引き寄せた。

「――これくらいですか？」

頬に触れる衣服と頭上から聞こえる美しい響きの声に、エルナの思考が停止する。同時に軽快にステップを踏んでいた足も動きを止めた。

「いっ！」

「ああ！　すみません！」

エルナが思い切り足を踏んでしまったせいで、グラナートの顔が一瞬歪む。歪んでも麗しい顔のせいでエルナの罪悪感も割り増しされるし、エルナが踏まれた方がましである。

「いちゃつくなら、二人だけでお願いしますよー」

腕組みをしたテオドールがからかうように言うのを聞いて、エルナの中で何かのスイッチが入った。

「……アデリナ様。距離感がわかりません」

「あら、今の感じでいいと思いますわよ」

「いえ。殿下の足を踏んでしまいましたし、まだ駄目です。お手本が見たいです」

そう言うとアデリナとテオドールを交互に見つめる。

「お願いします」

「ええ？」

「はあ？」

「お願いします」

逃さないとばかりにじっと見ていると、エルナの無言の圧力に負けた二人がしぶしぶ手を取った。

「……こ、こんな感じですわ。もうよろしいでしょう？」

「実際の動きを見ないとわかりません。ちょっと何曲か踊っていてください」

「おまえ……」

「アデリナさんの助手なのですから、ちゃんと仕事をしてくださいね、テオ」

グラナートに駄目押しされて諦めたらしい二人は、やがてゆっくりと踊り始めた。

グラナートのような優雅な気品はないが、テオドールは意外にも無難に踊れている。何よりも、パートナーであるアデリナの表情がまったく違った。

美しい人形のように硬質だったものが、恋する乙女全開の柔らかいものに変化している。誰がどう見ても好意が丸出しで、もはや微笑ましい。王子妃教育で見せる厳しい表情とはまったくの別人だ。

「アデリナ様って、綺麗な上に可愛いですよね」

「僕はアデリナさんを昔から知っていますが、この一年でだいぶ柔らかい人柄になりましたよ」

一年前と言えば、ちょうどテオドールがグラナートの護衛に就いたあたりだ。アデリナがテオド

ールに出会った時期は詳しく知らないが、きっと同じ頃なのだろう。

「アデリナさんに、僕も変わったと言われました」

「そうなのですか？」

床ドンの初対面以降、名前を呼んでくれ攻撃をしてきた時は多少怖かったが、グラナートは基本的に麗しく律儀な王子様だった気がするので、ピンとこない。

「そうみたいです」

笑みを湛えるグラナートをうっかり正面から見てしまい、慌てて視線を逸らす。危なかった。麗しの微笑みの直撃を受けるところだった。

美しいものを見るのは好きだし、もちろんグラナートも好きだ。

だがしかし麗しすぎて心と目が限界を迎えかねないので、用法用量を間違えないようにしなければ。グラナートにはもう少し自分の容姿の影響を考慮してほしいものである。

「ちょっとエルナさん！　お手本だなんて、あなた全然見ていないじゃありませんか」

「ばっちり見ていますよ。もっと見たいのでまだまだ踊っていてください」

「そんな！」

顔の赤いアデリナに手を振って応えていると、グラナートがその手を取った。

「それでは、エルナさんのレッスンも再開です」

「はい。よろしくお願いします」

エルナは元気よく答えると、グラナートと共に再びステップを踏み始めた。

——そうして踊り続けること、しばし。

レッスンを終えて誰よりも疲労の色を見せたのはほぼ初心者のエルナではなく、予想に反してアデリナだった。

「……わ、わたくし、先に失礼しますわ。ごきげんよう」

名門公爵家の令嬢として誰よりも踊り慣れているはずのアデリナが、ため息をついてよろよろと退出していく。どうやらテオドールによるときめきが体力を奪ったらしい。

反応が可愛いので何度もダンスをリクエストしてしまったが、さすがにやりすぎただろうか。少し心配になって一緒に帰るために追いかけようとすると、テオドールに手で制止された。

「何故止めるのですか？」

「エルナに話がある」

つい先ほどまでアデリナとはにかみながら踊っていたのに、別人のように硬い表情だ。仕方ないので部屋の端に用意されているソファーに座ると、グラナートも隣に腰を下ろし、テオドールはその横に控えた。

「それでお話というのは何ですか」

「おまえ、聖なる魔力を最近使ったか？」

テオドールの問いに、エルナは首を振る。

「いいえ。多分使っていないと思います」

「今、使えるか？」

「わかりません。私が自分の意思で聖なる魔力を使ったと言えるのは、数えるほどしかありませんから」

テオドールはエルナの答えを聞くとうなずき、そして困ったようにため息をついた。

「エルナ。おまえの聖なる魔力が弱まっているかもしれない」

「弱まっている……？」

意外な言葉にエルナは目を瞬かせる。

そもそも自分の魔力を把握できていないので強いも弱いもわからないのだが、テオドールの表情からしてあまり楽しい話ではなさそうだ。

「殿下の名前を魔力を込めて呼んだ時、自分がおかしかったのに気付いていたか？　殿下が倒れた後、やたらめそめそと泣いていただろう」

確かにあの時は何だか悲しくて情けなくて涙が出ていた気もするが、それが何なのだろう。

「聖なる魔力を使うと周囲の異性の気分が高揚するのは知っているな？　エルナの状態はその逆だと俺は思っている」

「逆、ですか？」

「気分が高揚する魔力を放出しすぎたから悲観的になってしまった、と考えていいだろう」

「テオ兄様は経験があるのですか？」

「いや。俺は反撃型《カウンター》だから、自分の意思で聖なる魔力を使うことはできない。すべての魔力を使うような事態が起きれば、恐らく魔力切れの前に死んでいる。母さんは常時発動という感じだし、とても魔力切れを起こす人じゃない。だから想像ではあるが」

虹の聖女である母ユリアはここでも規格外らしく、あまり参考にならないようだ。

「普通なら少し休めば回復するが……今のエルナの聖なる魔力は弱い」

「何故わかるのですか？」

「講師の嫌がらせを受けている」

テオドールの説明がよくわからず、エルナは首を傾げる。

「悪意が中和されるという話を以前にしただろう？　本気でおまえを害そうという場合は除いて、嫌がらせくらいならある程度中和されるはずなんだ」

確かに以前に教科書の並びが変わっていたり、突然目の前で令嬢が転んだりと嫌がらせっぽいものを体験したことはある。明確に嫌がらせとわかったのは、嫌味くらいだ。

側妃に攫われた時も閉じ込められているはずの部屋の鍵が開いていたのだから、相応の威力があったのだろう。

「それなのに卑猥なワンピースは着せられるし、露骨な密着もされ続けた。少なくとも密着に関してはおまえが不快に思っているのに、だ。これは聖なる魔力が今までのようには機能していないということだろう」

「アンジェラ殿下もきちんと嫌がらせしてくださったことを考えると、その頃から弱っているということでしょうか」

「その表現はどうかと思いますが」

グラナートが不満そうだが、ちょっと楽しかったのは事実なので仕方がない。

明確な殺意や害意を持っているとさすがに無効だが、聖なる魔力の余波のようなもので悪意が中和されているらしいというのは以前にも聞いた。テオドールの言うように聖なる魔力が弱っているのだとしたら、アンジェラが普通の嫌がらせを実行できたのも納得である。

魔力切れを起こしたり弱るほど聖なる魔力を使ったとすれば、側妃の呪いの魔法に対して刺繍ハンカチを投げつけた時くらいしか思い当たらない。あの件の後にはしばらく熱を出して寝込んでいるし、嫌がらせをできるようになった時期と辻褄《つじつま》が合う。

ということは、その頃から弱っていると考えるべきだろうか。

……まあ、あの時の発熱はほぼグラナートの告白による混乱のせいなので、因果関係は定かではないが。

「何にしても休めば回復するのなら、じきに戻るのでは？」

「自然に回復するのならそれでいい。エルナの言う通り、いずれ機能し始めるだろう。だがあえて使わないようにしているのなら、何かあっても発動しない可能性がある。……自覚はあるか？」

テオドールに鋭いまなざしを向けられ、その迫力に少しばかり怯む。

「どういうことですか？」

「仮に魔力が枯渇状態になっていたとしても、回復が遅すぎる。ディートの王女はエルナに明確な害意を持っていた。対して講師達はエルナを直接傷つけることは望んでいない。……曲がりなりにも王子妃候補の貴族令嬢に何かあれば、罰を受けるのは自分だからな」

そう言われれば、確かにそうかもしれない。

講師達はエルナに危害を加えたり、嘘を教えるようなことはしていない。ただひたすらにエルナを侮辱して不快感を与える方向だったのだ。

……それに気付かなかった自分が、ちょっと恥ずかしいけれど。

「悪意としては明らかにディートの王女の方が上で、講師の方が弱い。それなのにしっかりと嫌がらせされている。これは聖なる魔力が回復していないどころか、更に弱っているということ。……多分、エルナは聖なる魔力を抑制している」

「抑制ですか？」

思いがけない言葉に驚くが、グラナートとテオドールの表情は真剣だ。

「そんなつもりはありませんが。仮に魔力を抑制していたとしても、別に問題ないのでは？」

学園に入学するまで自分に聖なる魔力があるなんて知らなかったし、特に不便もなかった。以前の状態に戻るだけなので、エルナの唯一の取り柄である聖なる魔力がなくなるというだけの話だ。

「弱まっても使えないとしても、魔力自体が消えていくわけじゃない。正しく流れない魔力は、おまえの体に溜まっていく。水でも風でも流れがなければ澱む。あまり好ましくないだろうな」

グラナートが黙って聞いているということは、事前にテオドールから説明されていたのだろう。その表情は硬く、決して楽観視していい問題ではないのだと伝わってくる。

「でも、どうしたらいいのかわかりません」

「それは俺にもわからない。何せ、俺は自分の意思で聖なる魔力を使えないからな。それでも勝手に発動した時と狙って発動させた時では、威力が違うことが多い。結局は気持ちの問題が大きいんだろう」

『魔法って、思っている以上に精神状態に左右されるのよ』

ふと、母ユリアの言葉が脳裏に浮かんだ。

乙女ゲームの世界に転生していると気付き、自分に聖なる魔力があると知り、呪いの魔法に触れ、グラナートに告白され、ヴィルヘルムスにプロポーズされ、アンジェラに嫌がらせされ……。

こうしてみると平凡で平穏だったエルナの人生は、ここ数ヶ月で劇的に変化している。

精神的な負担なり疲労なりがあっても、何の不思議もない。

「だから聖なる魔力を否定するな。受け入れてやれ。あとはゆっくり休むこと。……それくらいしか俺にはわからない」

「王子妃教育で忙しいのも関係しているかもしれません。少し量を減らしましょう。僕はしばらく完全にやめてもいいと思うのですが」

「それは、かえって気になります」

グラナートの提案に、エルナは慌てて首を振る。

ただでさえ学ぶことは山ほどあるのだ。急にやめろと言われても、気になって休めない。

「……そう言うと思ったので、とりあえず半分に減らすよう手配しています。エルナさんのペースで進めれば十分です。無理だけはしないでくださいね」

グラナートの言葉も笑みも優しく、だからこそ何だか申し訳ないし情けない。

エルナはうなずくと、心の中でそっとため息をついた。

✦第九話✦　強く、願う

精神的な負担が聖なる魔力の抑制につながるのならば、ストレスの原因を排除していくのが近道だろう。個人的には聖なる魔力が使えなくても何ら問題ないが、体には良くないようだし心配をかけたくはない。

まずは一番思い当たる、ヴィルヘルムスの好意ゼロのプロポーズの件から片付けることにした。

もともと断ってはいるが、魔鉱石爆弾云々でちょっとうやむやになっている部分もある。リリーの進む先が隣国王子ルートなのだとしたら、エルナが悪役令嬢にならないためにもこの求婚を速やかに断わることが必須だ。

そうして学園内を歩き回ってたどり着いた中庭のベンチに、黒髪の美少年は佇んでいた。

「ヴィル……様。少しお話をしたいのですが」

隣国の王子だとわかった以上は敬称で呼ぶべきなのだろうが、本人が偽名を使っているのに勝手に身分を明かすのも失礼だろう。だからといって、今までのように呼び捨てにするわけにもいかない。

躊躇の末にエルナが声をかけると、黒髪の美少年は少し気まずそうに視線を逸らした。

「ヴィルでいいのに。……それじゃあ、座って」

促されるままにベンチに座ると、ヴィルヘルムスの視界とほぼ同じ高さになる。そこに広がっているのは、綺麗に手入れされた花壇だった。特に正面に咲くピンク色の花が鮮やかで美しい。

ヴィルヘルムスは一人でこの花を見ていたのか。

「この庭のお花は、リリーさんもお世話しているのですよ」

エルナがそう言うと、ヴィルヘルムスの肩がぴくりと揺れる。

「へえ。そうなんだ」

「はい。庭師さんとも仲が良くて、お手伝いしていると言っていました」

仲が良いという言葉に、露骨にヴィルヘルムスの顔が曇る。実にわかりやすい好意にエルナは思わず笑った。

「庭師はリリーさんのお祖父さんと同い年らしいので、安心していいですよ」

「そ、そうか。いや俺には関係のない話だが」

明らかにほっとしたかと思えば、慌てて取り繕う様が可愛らしい。面倒なことに巻き込んできた相手だが、どうにも憎めないのだから困ったものだ。

エルナは深呼吸をすると、黒髪の美少年を見据えた。

「ヴィル様のプロポーズはお断りします。心のない求婚だとしても、もう少し言いようがあると思いますよ。……リリーさんの時には、ちゃんと伝えてくださいね」

断るのは想定内だったのか静かに聞いていたヴィルヘルムスだが、最後の一言に目を瞠り、そして困ったように笑った。

「エルナは人のことなら敏いんだな」

「そうですか？」

敏いも何も、ヒロインのリリーに惹かれてしまうのはこの世界の自然の摂理である。大体あれだけ可愛らしくて前向きで勤勉な美少女なのだから、ヒロイン云々を差し引いてもひとめぼれ必至の相手だ。

それにヴィルヘルムスの態度はわかりやすいので、エルナでなくともリリーに好意を持っていることくらい想像がつくと思う。何なら既にリリー本人に好意がばれている可能性すらある。

ヴィルヘルムスはため息をつくと、そのまま空を見上げた。

「君の領地で俺が声をかけた時のことを憶えている？　王子が俺の素性を見抜いて、護衛を使って君に関わらないよう釘を刺してきた。あの時には聖なる魔力の持ち主が実在して遭遇できた喜びが大きかったんだけどな」

「その割には、だいぶ失礼な求婚でしたよ」

エルナというより、聖なる魔力と結婚したいという言い方だった。実際にエルナに好意などまったくないのだから、その通りなのだろうが。

「すまない」

一応は一国の王子だというのにあっさりと頭を下げる美少年に、エルナは呆れて肩をすくめた。

ヴィルヘルムスは馬鹿正直で、それ自体は個人的に嫌いではない。だがあのプロポーズに対して嬉しいと感じる女性はあまりいないだろうし、王位を狙うというのならもう少し人の心の機微を察した方がいいと思う。

それにしても、グラナートがテオドールを使って釘を刺していたというのは驚きだ。つまりテオドールは飲み物を買いに行ったのではなくて、ヴィルヘルムスと接触していたのか。

「好意というのは、ままならないものだね。国のためには必要ない感情だが」

「リリーさんとは話をしたのですか？」

「何も言っていない。本当の身分も、この国に来た目的も……俺の気持ちも」

「伝えないのですか？」

ヴィルヘルムスは苦笑いを浮かべ、そしてゆっくりと首を振る。

「伝えたところでどうしようもない。国のために戦争を止める力を手に入れるのが、俺の役目。そこに個人の感情を挟む余地も余裕もない」

そう言いながらも庭の花を見つめるヴィルヘルムスの姿からは、リリーを想っているのが伝わってくる。

ベンチに座ってずっと眺めていた花の色は、ピンク色。それはリリーの紅水晶の瞳と同じ色だった。

「王族に生まれた義務だ。グラナート王子も同じだろう。……ままならないものさ」

国のためにどうしても必要となれば、グラナートもしかるべき相手と婚約するのだろう。それはアデリナかもしれないし、他国の姫かもしれない。

そう考えるとエルナの胸がちくりと痛んだ。

「やっぱり、ここにいたのですね。エルナ様もご一緒ですか」

鈴を転がすような可愛らしい声と共に、リリーが駆け寄ってくる。

ヴィルヘルムスの所在がわかっていたような物言いからして、日頃からこうして庭を眺めていたのだろう。恐らくは、花と同じ色の瞳のリリーを想いながら。

「……殿下?」

リリーから少し遅れてグラナートとテオドールまでもがこちらに向かって来たが、二人が学園内を走るところなど初めて見た。

それだけなら珍しい光景で済むのだが、何だか嫌な予感がする。

「殿下がヴィル様を探しているというので、ここかと思って。良かった、当たりましたね」

少し息を切らしながらも笑顔のリリーに対して、グラナートの表情は硬い。

呼吸を整えるというよりも気持ちを切り替えるように深く息を吐いたグラナートは、まっすぐにヴィルヘルムスを見据えた。

「――ブルート王国の兵が、ヘルッ王国に入りました」

その瞬間、ヴィルヘルムスがベンチから跳ねるように立ち上がった。

「まさか、こんなに早く」

「既に王都のそばまで迫っているという情報です。どうやら商人を装って国境を越えたらしい」

「それにしたって早すぎる。少しずつ魔鉱石を運び込むはずだから、どんなに早くてもあと半年はかかる計算だったのに」

いくら友好国でも国境には警備兵がいる。大量の魔鉱石を加工国が原料生産国に持ち込むのは、目立つだろう。加工済みの商品を納品するという形なら自然だが、それでは納品先や出荷元の情報を伝えなければならない。偽の情報を流せば、かえって怪しまれる。

だからこそチェックの緩い少量の荷物に分けて持ち込むと思っていたのにと、ヴィルヘルムスが歯噛みをする。

「……ザクレス公爵が王領まで手引きした可能性があります」

グラナートの言葉にヴィルヘルムスの眉間に皺が寄る。

「ザクレス……王領の隣か」

「そうです。ブルート王国と国境を接しているのがロンメル伯爵領。そしてザクレス公爵領、王領と続きます。ロンメル伯爵はザクレス公爵側の人間なので、王領まで手引きするのは難しくないでしょう」

「でも、何のためにそんなことをするのですか？」

わざわざ戦争の火種になるような真似をする意味がわからない。ザクレス公爵としてはスマラクトが王位を継げばいいのだから、戦争を起こす意味はないのではないか。

「エルナの言う通りだ。ブルート王国はともかく、この国にはメリットがないだろう？」

「……僕を失脚させるためでしょうね」

ヴェルヘルムスの指摘に、グラナートは顔色を変えることもなく淡々と答える。

「どういうことだ？」

「ヴィルの存在が知られているのなら、僕と癒着《ゆちゃく》して国境を手引きをしたことにすればいい。ロンメル伯爵もザクレス公爵も僕に脅されたとでも証言すれば、罪を擦り付けられる」

ヴィルヘルムスは偽名を使って学園にいるが、一国の王族なのだから顔を知っている者がいてもおかしくない。そこから第三王子がヘルツ王国にいると知られ、学友であるグラナートと癒着があったと言われれば信じる者もいるだろう。

王子といえども、他国から兵と兵器を勝手に越境させて何のお咎めも無しというのは難しい。そのせいで被害が出れば、なおさらだ。

「多少の被害を出して、グラナート王子の愚行が知れ渡ればいいのか。それなら開発中で数が揃っていない魔鉱石爆弾でも事足りる。そして次期国王であるスマラクト王子と外戚のザクレス公爵に恩を売れば、魔鉱石の取引にも有利になる。……第一王子の考えそうな、浅はかな知恵だ」

ヴィルヘルムスは悔しそうに拳を握りしめる。

「それならば、グラナート王子はここに残ってほしい。俺が止めに行く。近衛兵を貸してくれるか」

「駄目ですよ。それでは僕達が癒着していると認めたことになる」

確かにそうだし、むしろその行動をこそ相手は狙っているのかもしれない。

ヴィルヘルムスは他国の被害を放置して様子を見る人ではないので、表に出てくる。エルナですら想像できるのだから、兄王子達には当然行動が手に取るようにわかるはずだ。

「では、スマラクト王子に行ってもらうのはどうだ？　兄弟仲は良いと聞いているぞ」

「その場合は、僕のせいで訪れた危機を兄が救ったということにするでしょうね。僕が王位継承権を剝奪されるのは構いません。ですが、ミーゼス公爵をはじめとする僕を擁護する貴族に迷惑はかけられない。それに、国を危険に晒してまで自分の利益を求める愚行を許すわけにはいきません」

言葉こそ丁寧ではあるけれど、いつもの穏やかさとは別人のようにグラナートの表情は厳しい。

「だからグラナート王子が止めると言うのか？　もしも今回の兵が第二王子の指示で動いているのなら、あいつは最悪ザクレス公爵との協定も無視して戦争を始める可能性だってある。行くのは危険だ」

第一王子は利益のために被害を出してもいいという考えだが、第二王子は利益のために戦争を仕掛ける可能性があると言うのか。どちらにしても、行けばグラナートの身は危険に晒される。心配になってグラナートを見ると、すっと視線を逸らされた。

それは、エルナの気のせいだったかもしれない。それなのに胸がちくりと痛んだ。

「だとすれば、なおさら兄を行かせるわけにはいきません。兄は次期国王です。……僕には、この国の王子として生まれた責務があります。逃げるわけにはいかない」

まったく引く様子のないグラナートに、ヴィルヘルムスも言葉を飲み込む。共に王族として生まれ育った者として、その事情も気持ちもきっと理解できるのだろう。

「王領に入ってすぐの平原で、今は警備兵が食い止めています。兄は父に報告と、王宮の警備にあたってくれます。同時にこの情報が漏れないようにしながら、ザクレス公爵の横やりを防ぐと言ってくれました。僕はすぐに現場に向かいます。ヴィルはどうしますか」

「もちろん、行くに決まっている。すまないが同行させてくれ」

そう言うと思ったとばかりに、テオドールが細身の剣をヴィルに差し出す。

「俺は殿下の護衛です。自分の身は自分で守ってください」

ヴィルヘルムスはうなずくと、手早く鞘を自身のベルトにねじりこんだ。

「エルナさんは、邸に戻ってください」

「は、はい」

穏やかだけれど逆らえない声に反射的に返答すると、グラナートの表情が少しだけ緩む。

三人が素早く移動しようとしたその時、リリーがすっと手を挙げた。

「──私も行きます！」

「……え？」

エルナとヴィルヘルムスの声が重なるが、リリーは揺るがない。

「きっと、お役に立てると思います」

その言葉にグラナートは一瞬眉を顰めるが、やがて何かを飲み込むようにうなずく。ヴィルヘルムスを手で制すると、じっとリリーを見つめた。

「……わかりました」

リリーへの信頼が漏れる眼差しと言葉に、エルナの背筋を寒気に似た何かが撫で上げる。グラナートの一言を合図にしたかのように、一斉に全員が動き出す。

その光景を、エルナは他人事のようにただ見ていることしかできなかった。

「エルナ、レオン兄さんから絶対に離れるなよ」

去り際にテオドールに小声でそう言われたが、ちゃんと返事をできたのかも記憶にない。

四人が慌しく走り去った中庭に一人ぽつんと立ち尽くしながら、エルナはぼんやりと空を見上げた。

「ああ……邸に帰らないと」

風に揺れるピンク色の花弁を横目に、エルナは学園から出た。

その後、どうやってノイマン邸に帰ってきたのかはよく思い出せない。ふわふわとした足取りのまま自室に入ると、倒れこむようにソファーに腰を下ろす。

ゾフィが淹れてくれた紅茶が、テーブルの上で良い香りを放っている。それを飲もうとティーカップに手を伸ばして、制服の袖が濡れているのに気が付いた。

「……私、泣いているのですか？」

いつの間にか瞳に溜まったそれは、ぽろぽろと零れ落ちて丸い染みを作る。ハンカチで拭こうとポケットを探ると、厚紙のような硬さのハンカチが出てきた。

領地で魔力の制御の練習として作ったものだが、分厚くて硬いので涙を拭くというよりは吸い込ませる形になる。日本で見たオムツの吸収力の宣伝映像みたいだなと思うと何だか滑稽《こっけい》で、思わずこぼれた笑みと共に少し心が落ち着いた。

どうやら、グラナートの言動が思った以上にショックだったらしい。

涙を一通り吸い込ませると、湿った厚紙状態のハンカチをぎゅっと握りしめる。

危険な場所なのにリリーを連れて行ったのは、恐らくは治癒の魔法があるからだ。詳しくは知らないが、ありふれたものではないはず。その効果はエルナが身をもって知っているし、万が一の際の救護要因としてこれほど頼もしい人間はいないだろう。

それに対してエルナは特に役に立たないのだから、連れていく意味などない。

事実を並べれば納得するのに、それでも胸の奥がザワザワするのはここが『虹色パラダイス』の世界だからだ。

続編のヒロインと思われるリリーがもしもグラナートのルートに入ったら。エルナは当て馬の悪役令嬢として捨てられるのかもしれない。

「……それは、寂しいです」

ぽつりと自分がこぼした言葉に驚いたエルナは、ハッとして目を瞠る。

そうか、寂しいのだ――。

その一言で、喉元でつかえていた何かがすっと取れた気がした。

「何だ。そうなのですね。私ったら、また同じような深みにはまって――情けない！」

エルナは背筋を伸ばしてソファーに座り直すと、自身の頬を両手で叩く。ちょっと勢いが強すぎて頬がヒリヒリしたが、今はどうでもいい。

リリーは美少女で有能。

エルナはただの平凡令嬢。

そんな当たり前のことに、今更何をためらう必要があるのだろう。

「殿下もリリーさんも、私を裏切ったり捨てたりするような人ではありません。問題は『虹色パラダイス』です」

『大切なものなら、自分も守る努力をしたらいかがですか』

かつてグラナートに言った言葉が、今は自身に突き刺さる。

乙女ゲームの世界である以上は、ヒロインの選択肢やシナリオに合わせた強制力のようなものが存在するのかもしれない。

グラナートはエルナに好意を持ち、大切にしてくれている。その揺るぎない事実をも捻じ曲げる何かがあるとするのならば――戦えばいいのだ。

ユリアの話によれば、聖なる魔力とは無効化。

ゲームの禁じ手である、リセット。

確実に実行できる自信はないが、今はそんなことを言っている場合ではない。できるかどうかではない。やるのだ。

ユリアも魔法は精神状態に左右されると言っていたし、図々しいほどに思い込めばきっと何とかなる。

グラナートはエルナを捨てない。

エルナも何かの役に立てるはず。

「そうです。地味極まりない平凡令嬢を選んだのは殿下なのですから、責任を取って趣味の悪い王子をまっとうしていただかなければ！」

エルナはびしょ濡れのハンカチを握りしめたまま、勢いよくソファーから立ち上がる。

「治癒魔法が有用という理由で可憐な美少女の同行が許されるのなら、聖なる魔力持ちが駆けつけても問題ないはず」

帰宅を勧められたのだから、エルナに来てほしくないというのは重々承知。

それは単に役に立たずで邪魔だからということだけでなく、きっと安全を考慮した結果だ。だが
こうして奮い立たせないと、不安に負けそうになってしまう。

これは、自分勝手なわがまま。

それでも何もせずにグラナート達が危険な目に遭うのも、これでお別れになるのも嫌だ。

「絶対に負けません。それでも抗えないというのなら、華々しく玉砕してみせます！」

エルナは握った厚紙ハンカチをポケットに押し込むと、部屋を飛び出した。

そのまま走ってレオンハルトの部屋に向かい、扉を開けるや否や勢いよく室内に駆け込む。

「レオン兄様。ブルート王国の兵が攻めてきている場所に行きたいです。どこだか教えてください」

「はあ？」

机に向かって書類を手にしていたレオンハルトは、突然飛び込んできたエルナに驚くと、間の抜けた声を上げた。

エルナは両手を机につくと、身を乗り出すようにしてレオンハルトに迫る。

「王都の外れらしいのですが、詳しい場所がわかりません。レオン兄様はご存じですよね⁉」

きっとテオドールが連絡を入れているはずだ。だからこそレオンハルトのそばから離れるな、と

言っていたに違いない。

「危険だから駄目だよ。万が一を考えれば、邸からも出ないでほしいくらいだ」

首を振るレオンハルトを見たエルナは、ゆっくりとうなずく。

「……わかりました。走って探します」

田舎育ちの健脚で良かった。隣町までくらいなら問題なく走れる。果たしてそれで現場に到着できるのかはわからないし、そもそも時間がかかりすぎる。

だが、それでも行かないという選択肢はエルナの中に存在しなかった。

「ま、待て待て」

気合を入れて腕をぶんぶん回しながら部屋を出ようとすると、レオンハルトが慌てて手を摑んで止める。

「……わかったよ。エルナもあの母さんの娘だ。言い出したら聞かないよな」

渋々と言った表情で、レオンハルトは深いため息をついた。

「ただし、俺も行く」

そう言うなり、机の下から簡素な飾りの剣を一振り取り出す。

飾りとして一つだけ付いている青い宝石は瑠璃《ラピスラズリ》だろうか。レオンハルトの瞳と同じ綺麗な青に目を引かれる。

「――フランツ」

「お呼びでしょうか」

どこからともなく現れたフランツは、レオンハルトが手にする剣を見ると息を呑んだ。

「侵入者と王子達は、ザクレス公爵領から王領に入ってすぐの平原にいるはずだ。馬で移動する。用意を。それからゾフィを呼んでくれ」

フランツが下がるのを見ると、レオンハルトは壁に掛けてあったマントでエルナの肩をくるみ、自身は剣を腰に佩《は》いた。

邸の外に出ると既に馬が二頭用意され、そのうち一頭にはゾフィが乗っている。

侍女としての黒を基調としたワンピースではなく乗馬用の服に似たズボン姿は、馬上の堂々とした雰囲気も相まってとても凛々しい。レオンハルトは感心するエルナを軽々と抱き上げると、ゾフィの前に座らせた。

「あの。私は一人で馬に乗れますが」

「知っているよ。でもただの遠乗りとは違うから。大人しくゾフィと一緒に乗って」

そう言われてしまえば、反論の余地はない。うなずくエルナに微笑むと、レオンハルトは背後のゾフィに視線を向ける。

「ゾフィはエルナを守ることだけを考えろ」

「かしこまりました」

ゾフィもまた、帯剣している。細身の剣は護身用にしては妙に使い込まれているのが不思議だし、そもそもゾフィが馬に乗れるなんて初めて知った。

「エルナ様、しっかり摑まっていてくださいね」

「は、はい。あの、どうしてゾフィは馬に乗れるのですか？　その剣も急遽持ってきたようには見えませんが」

「私は元々騎士なのです。エルナ様のおそばにいるのが楽しいので、もう騎士に戻るつもりはありませんが」

ゾフィは剣で名高いユリアの腕に惚れこんで弟子入りを懇願。粘りに粘ったところ、娘の侍女を務めるという条件でノイマン家にいることを許されたのだという。

ユリアが「剣で名高い」というのは気になるところだが、血まみれの剣を肩に担いで扉を蹴破る人なので深く考えてはいけないのだろう。

つまり、以前にエルナが襲われかけた時に男を倒していたのもゾフィの実力ということか。

「ゾフィはとても強かったのですね」

長年そばに仕えてくれているが、まさかそんな過去があったとは。元騎士の戦える侍女だなんて、何だか格好良い。

腰に佩いた細身の剣も騎士時代からの愛用品らしいが、手入れが行き届いているのが素人のエルナにもわかる。侍女としてエルナのそばにというのは本心なのだろうけれど、それでも剣を忘れていない証だ。

「いえいえ、私など。雲の上の存在のレオンハルト様からすれば、か弱い侍女でしかありません」

か弱い侍女は素手で男を倒せないと思う。テオドールが『羊の皮をかぶった兵器』とまで言うのだから、レオンハルトは強いのだろう。元騎士だというゾフィだって、相応に強いに違いない。

そうなると、気になるのは……。

「あの……お母様は」

「ユリア様は異次元の生物ですので、比較のしようがございません」

きっぱりと告げられた内容は、恐らくは事実。乙女ゲームのヒロインのはずなのに、何故そうなるのだろう。

規格外の母にため息をつくエルナを乗せて、馬はノイマン邸を出た。


王都を駆け抜けてしばらくすると、広い草原が目の前に広がる。ノイマン領のような緑の畑や山ではなく、ただ何もない平らな土地が広がるばかり。遠くまで見渡せる草原の奥に、いくつもの黒い煙が立ち上っているのが見える。

既に何かが起きているのだろう。

「この先で交戦しているな。最短距離で行くぞ」

レオンハルトはそう言うと、速度を上げて馬を走らせる。

「了解いたしました。エルナ様、揺れますのでしっかり摑まってください」

ゾフィが支えてくれるとはいえ、必死のエルナは返事もできない。正確には、返事をしようとしたら舌を嚙んだ。

乗馬自体はできるけれど、こんなに速度を出したことなどない。これが馬の本気の走りなのだとしたら、エルナの知る乗馬はよちよち歩きのようなものだ。振り落とされそうな揺れの中でどうして普通に喋れるのかと尊敬しているうちに、幾人もが剣を交える音が聞こえてくる。

最短距離って、まさか交戦中のど真ん中を通るという意味なのか。

顔を引きつらせるエルナにかまうことなく、馬は加速していく。剣を持つ人間の顔が見える程に近付くと、レオンハルトは剣に手をかけた。

鈍い音と共にブルート兵と思しき男性が地面に倒れる。

剣というものは、意外と鈍器で殴ったみたいな低い音がするものだ。恐る恐る様子をうかがったエルナは、目を疑った。

……抜剣していない。

優雅とも言える素早い動きでブルート兵を倒していくレオンハルト。その剣は、鞘に入ったまま。鞘ごと……もはやただの金属の棒を振り回している状況だ。

レオンハルトの一振りで何人もの兵が吹っ飛ぶさまは、現実味がなさ過ぎて滑稽に見えてきた。

剣、というか鞘にあんな使い方があるのか。あれで勝負がつくのなら、もう剣は必要ない気さえする。

「ゾ、ひ」

ゾフィに尋ねようとして、再び舌を噛む。地味に痛くて、少し涙が浮かんだ。

「無理をしないでくださいね。どうなさいました？」

ゾフィに問われたが喋れないし、揺れるので手も離せない。仕方ないので、視線と顔の動きで伝えようと試みる。

長年そばに仕えてくれた間柄なのだから、きっとエルナの意志を汲み取ってくれるはずだ。

「ああ！　……大丈夫ですよ。ちゃんと急所を狙っているので、二日は起き上がれません」

説明するゾフィの笑顔が眩しいけれど、違うのだ。

誰もとどめを刺していないけど大丈夫か、なんて聞いていない。

けれど伝える術はなく、エルナを乗せた馬はレオンハルトと共にその場を駆け抜けて行った。

交戦する人の塊を抜けると、少し馬の速度が緩められる。おかげで何とかエルナでも喋ることができそうだった。

「エルナ、大丈夫かい？」

剣を鞘ごと振り回しているとは思えない軽やかな動きでブルート兵を倒したレオンハルトを見る限り、テオドールの言っていたことはどうやら本当らしい。

そして数多の兵を蹴散らしたレオンハルトよりも、馬とゾフィにしがみついていただけのエルナの方が息が切れているのが情けない。

「何故、剣を抜かないのですか？」

別に抜剣してほしいわけではない。

だが単純に気になって聞いてみると、レオンハルトは不思議そうに首を傾げた。

「うん？　そりゃあ、汚れるからだよ」

当然とばかりに答えられたが、よくわからない。汚れるというのは血のことだろうが、それを言ったら剣を使えないと思う。

「剣を抜くまでもないし、エルナに血生臭いものを見せるつもりもないしね」

「はあ。ありがとうございます」

とにかく、レオンハルトにはさっきのブルート兵は取るに足らない相手ということらしい。

少し進むと、今度は近衛兵と思われる格好の集団が見えてきた。近衛兵がいるのなら、グラナート達もここにいる可能性が高い。

「――まさか、剣豪？」

こちらに気付いた一人が何かを呟くと、近衛兵が一斉に沸き立った。

「本当だ、〈瑠璃《ラピスラズリ》〉！　剣豪〈瑠璃《ラピスラズリ》〉が来てくれたぞ！」

……何だ、この大歓声は。

まるで路上に大人気アイドルが登場したかのような盛り上がりに、エルナは首を傾げる。

「……どういうことでしょうか」

「レオンハルト様は学園在学中に国の剣術大会で優勝しています。並みいる現役騎士をも軽く押し退けた圧倒的強さと、瞳の色と剣の飾りから剣豪〈瑠璃《ラピスラズリ》〉と呼ぶ者もおります。夏休みで学園をやめた際には、騎士や貴族がこぞって勧誘にいらっしゃいました。それらをすべて蹴って子爵代理をしているので、その筋では伝説の人でございます。」

そんなことをしていたのか。そして夏休みで学園をやめているのか。

……いいなあ。

羨望の眼差しを送るエルナに、レオンハルトはばつが悪そうに目を伏せる。

「あれは母さんが『最近の騎士はたるんでいるから、叩きのめしてこい』って言ったんだ。優勝しなきゃ、こっちの身が危ないからね」

いや、おかしいから。どうして田舎の子爵夫人が騎士を叩き直そうとしているのだ。

ユリアは本当にどこまで物騒なのだろう。

大興奮の近衛兵の奥に進んでいくと、そこにグラナート達はいた。

既に交戦したらしい衣服の汚れに、エルナも緊張して制服の袖を握りしめる。

「――エルナさん？　何故来たのですか！」

エルナ達を見つけたグラナートが、険しい表情で叫ぶ。

邪魔なのはわかるが、ちょっと怖いし、やっぱり傷付く。一瞬言葉に詰まったエルナを庇うように、レオンハルトが一歩前に出た。

「それよりも現状を説明してくれるかな」

本来ならば、国の一大事に子爵令息に説明する必要などない。だがレオンハルトの有無を言わせない圧力に、テオドールがため息をついて口を開いた。

「ブルート兵は五十名もいないと思う。剣を使う兵はほぼ無力化できたが、残りは魔鉱石爆弾を矢尻につけて射てくるから、なかなか近付けなくて厳しい」

「テオの言う通り、ちょっと面倒なことになっていまして」

「――ヴィル様！　しっかりしてください！」

言葉尻を濁すグラナートの険しい表情は気になるが、それよりもこの叫び声には聞き覚えがあった。慌てて周囲を見回すと、リリーが横たわるヴィルヘルムスのそばで必死に呼びかけている。

どうやらヴィルヘルムスは負傷しているらしく、両腕には血がついており目を閉じて呻いていた。

慌てて近付いてみると、どうやら怪我は腕の部分だけらしい。それも剣で切られたようには見えない、小さな傷のようだった。血こそ僅かに滲んでいるが、横たわって苦しむヴィルヘルムスとは様子が合わない。

「この傷は何ですか？」

「魔鉱石爆弾を付けた矢がかすめたんだ。ヴィルは爆発に近くで巻き込まれたらしくて」

「草原に黒い煙がいくつも立ち上っているでしょう。あれが魔鉱石爆弾の跡です」

なるほど、あの煙がそうだとすると既に結構な数の爆弾が使われているということになる。

「……聞いていたものよりも、威力が小さい」

ヴィルヘルムスが目を開けて呟くが、痛みのせいか呼吸が乱れて言葉が途切れがちだ。

「多分、開発途中で無理に持ってきたんだ。よほど功績が欲しくて、焦っているのか……」

「君が止められないのか」

レオンハルトに尋ねられ、ヴィルヘルムスは荒い呼吸の中で微かに笑う。

「ここにいる兵は、俺の顔を知らなかった。知っていれば好都合と殺されるだろうが……正規兵を使っていないんだろう。何かあれば、関係ないと切り捨てるつもりだろうな」

「ヴィル様、無理に喋らないでください」

リリーがヴィルヘルムスの腕に触れて、一生懸命に何かをしている。恐らくは治癒の魔力を使っているのだろう。

「そんなに深い傷なのですか?」

治癒魔法の効果を知る身としては、リリーが頑張っているのに変化が見られないことが衝撃だ。

するとリリーは額に汗をにじませながら首を振った。

「傷はそこまで深くありません。擦りむいた程度なのに、いくら魔力を使っても傷が塞がらないんです」

リリーは泣きそうになりながら、ヴィルの治療を続けている。

「しかも、何か毒のようなものが呼吸を妨げているようで」

魔力に優れたグラナートがそう言うのなら、ヴィルを苦しめているのは傷自体というよりも、その毒なのかもしれない。

「治癒の魔力は一気にすべてを治すようなものではありません。傷を塞いで血を止めて、それから回復を早めます。でも、どうしても傷が塞がらないんです。……何かに邪魔されているみたいに、上手く魔力が使えなくて」

……毒のようなもの。

最近、どこかでそんな話を聞いたような気がする。

『少なくとも、爆弾としての破壊力がある。その上で、魔力のひずみが生じる。毒のようなものだ』

「ダンナー先生が言っていました。魔鉱石を爆弾に加工すれば、魔力がひずむ。それは毒のようなもので、もはや呪いだと」

擦り傷でもこれだけの苦しみをもたらす上に、希少な治癒の魔力さえも効かない。これが本格的に使われるようになれば、想像以上に惨い被害が出るだろう。

「呪い……」

リリーはエルナの言葉を反芻《はんすう》すると、はっとしたようにハンカチを取り出し、傷に当てる。エルナが刺繍をした虹色の花のハンカチは、焚火に焦がされたようにゆっくりと黒ずんでいく。すると同時にヴィルヘルムスの傷が少しだけ塞がった。

明らかな変化に、エルナとリリーは顔を見合わせてうなずく。

そうか、呪いならば聖なる魔力の効果があるかもしれない。

エルナはポケットから厚紙状態のハンカチを取り出すと、すぐにヴィルヘルムスの傷に押し当てた。

湿った厚紙のごときハンカチは、ヴィルヘルムスに触れたところから徐々に黒く変色していく。それに合わせてリリーが魔力を込めると傷が綺麗に塞がり、やがてにじんでいた出血も止まった。ヴィルヘルムスの浅く荒かった呼吸がゆっくりとしたものに変化し、同時に苦痛に歪んでいた表情が緩んでいく。

「……ありがとう。助かった」

深く息を吐くと、ヴィルヘルムスの口元が少しだけ綻ぶ。決して顔色は良くないけれど、それでも危機は脱したのだとわかり、皆が安堵の息を漏らした。

「私だけでは駄目でした。エルナ様のおかげです」

涙ぐみながら微笑むリリーと笑みを返すヴィルヘルムスに、少し場の空気が和らぐ。

するとそこに離れて交戦していた近衛兵と警備兵が撤退してきた。

魔鉱石爆弾付きの矢のせいでなかなか近付けず体勢を立て直すという報告に、グラナートがうなずく。見る限り重傷者はいないが、それもこの状態が長引けばどうなるかわからない。

魔鉱石爆弾による攻撃のせいで、辺りは黒い煙と魔力のひずみに囲まれていた。この一つ一つがヴィルヘルムスを苦しめたものと同じ効果なのだとしたら、このままではこの草原は毒と呪いで立ち入れなくなる。更に範囲が広がるようなことになれば、この国は人の住めない土地になり果ててしまう。

領地の緑の畑が黒くなる様を想像するだけで、背筋を寒気が走る。何とかしたいとは思うけれど、一体どうすればいいのだろう。

数日かけて刺繍した厚紙ハンカチは、ヴィルヘルムスの傷にあてて真っ黒になった。恐らくこれはもう使えない。黒い煙の数は決して少なくないけれど、それでもこれ以上数が増えないのなら急いで刺繍すれば何とかなるかもしれない。

だがそんなエルナの希望を打ち砕くかのように、黒い煙の向こうから何かがうずたかく積まれた台車とブルート兵が近付いてくる。

エルナ達と少しの距離を取って止まると、一人だけ鎧の色が違う男性が前に出てきた。

「ヘルツ兵に告ぐ。諦めて降伏しろ」

どうやら指揮官らしい男性はそう言うと、背後の台車にかけられた布を剝ぎ取る。

台車いっぱいに載せられていたのは、黒光りする石。きっとあれが魔鉱石の爆弾だ。

それにしても、ここで爆発させると自分も味方も巻き込まれるのだが、どうするつもりなのだろう。着火して慌てて逃げるのも滑稽だが、命が惜しくないのだとしたらこちらとしても厄介だ。

すると様子を見ていたエルナ達の横を通り抜けて、グラナートが前に出る。

陽光を弾く金の髪が眩しくて、黒光りする爆弾とは正反対のその輝きの美しさに、こんな時だというのに目を奪われた。

「これ以上王都に近付くのは許しません。撤退を要求します」

ピリピリと張りつめた緊張感の中、グラナートの美しい声に指揮官の男性は眉を顰める。

「おいおい、俺の話を聞いていたか？　こっちは降伏しろと言っているんだ」

指揮官はグラナートを嘲笑《あざわら》うと、これみよがしに魔鉱石爆弾を手に取った。明らかな挑発に、エルナの横から小さなため息が届く。

「……切ろうか？」

静かだけれど物騒なレオンハルトの呟きに、テオドールが慌てて首を振った。

「それじゃあ、揉め事を起こして殿下に擦り付けたい、あっちの思う壺だろうが」

「全員切れば発覚しないから、問題ないだろう」

「レオンハルト様なら可能です。問題ありません」

レオンハルトがしれっと答えると、ゾフィがうなずいて肯定する。それを見たテオドールが、呆れたばかりにため息をついた。

「大問題だ！　それじゃあ、戦争の口実になる。……なんでウチは剣術馬鹿ばっかりなんだよ」

ブルート兵を全員切るとか言い出すレオンハルトも大概だが、問題ないと太鼓判を押すゾフィもどうかと思う。ノイマン家はエルナが気付いていないだけで、どうやら結構物騒な家だったようだ。

だがこうなると、一番物騒なのはきっと母ユリアなのだろう。すぐに察しがつくあたり、エルナも少しは成長しているのかもしれない。

「殿下？　……金髪にその瞳。おまえがザクレス公爵の言っていた第二王子か？」

テオドールがハッとして口を押さえた時には、既に遅い。グラナートをじっと見ていた指揮官が、にやりと口角を上げた。

「おまえが第二王子なら話は早い。わざわざこんな騒ぎを起こさずとも、王子を殺せば済む話だ」

指揮官が手を上げると、すぐさま魔鉱石爆弾付きの矢が放たれる。

グラナートは微動だにすることなく飛んでくる矢を見つめ、正面にまっすぐ手を伸ばす。その瞬間に空中の矢が一斉に炎に包まれて小さな爆発がいくつも起こり、少し遅れて爆風がエルナの灰色の髪を揺らした。

側妃の一件で見た時以来の、魔法だ。

今回も特に何も言わずとも炎が出てきているし、リリーも何も言わずに魔力を使っている。この世界の魔法は、いわゆる呪文がないのだろう。日本のゲームを思い出すとちょっと寂しいと思わなくもないが、魔法使用時に呪文が必須だとしたら聖なる魔法はだいぶ恥ずかしい内容になるはずだ。

危なかった。呪文なしで良かった。

エルナがいらぬ思考を巡らせている間にも矢は放たれ、それらはすべて炎と共に爆発して消えていく。日本でいうところのネズミ花火くらいの規模で、真横で爆発でもされない限りは大きな怪我をすることもなさそうだ。

一見するとグラナートが圧倒的に強いのだが、それでも気になることがある。矢は燃やされ、爆弾は爆発するので消えてなくなる。だが、その跡には黒く淀んだ魔力のひずみが溜まっていくのだ。

何度も同じことを繰り返すうちに、グラナートの顔にも疲労の色が見え始めた。

「殿下、大丈夫ですか？」

異変を察したテオドールがそばに寄ると、グラナートは額にうっすらと滲んだ汗を拭う。

「あなたが苦戦する相手には見えませんが」

「魔力が上手く使えないので、消耗が激しいのです。……あの魔力のひずみのせいでしょうね」

テオドールは眉間に皺を寄せると、剣に手をかけた。

「そろそろ限界か？　なら、楽にしてやるよ、王子様！」

指揮官の言葉に従って、大量の魔鉱石爆弾と矢が雨のように降り注ぐ。

グラナートはエルナを庇うように前に立つと、魔法を使おうと手を掲げる。更にその前には、舌打ちしたテオドールが剣を構えて立った。

まるでコマ送りのようにゆっくりと景色が流れる中、エルナは恐怖した。

このままでは、みんな巻き込まれる。

グラナートは魔力を消耗しているし、テオドール一人でこの数をすべて処理できるのだろうか。反撃型《カウンター》だというから、テオドールの聖なる魔力はきっと発動するはず。だが、いかんせん範囲が広すぎる。

自分と限られた周囲にだけ発動すると言っていたので、この場にいる全員を守るのは、恐らく難しい。きっと、誰かが怪我をする。

いや、爆発の擦過傷《さっかしょう》でもヴィルヘルムスはあれだけ苦しんだのだ。直撃したらどうなるかなんて、考えるまでもない。しかも一つや二つという数ではないのだから、怪我では済まない可能性が高い。

グラナートが……死ぬかもしれない。


——そんなの、駄目。


エルナは震えた。

零れ落ちそうなほどに目を見開き、呼吸が止まる。強い感情が体を支配した瞬間、何かの糸がぷつりと切れた気がした。途端に体内から何かがとめどなく溢れてくる。

瞳が熱い。

息が苦しい。

本当にエルナに聖なる魔力があるというのなら、今使えなくていつ使うのだ。

ユリアは言った。聖なる魔力は無効化だと。

強く願う。

願うから、お願いだから力に変わって。危険なものを無効化して。

大切な人達を傷つけるのは、許さない――。


「――消えて！」


エルナが叫んだその瞬間、辺りを眩い光が包み込んだ。

真っ白なそれはあまりにも眩しくて、目を閉じているのか開けているのかもわからなくなる。自分の姿すらも把握できないほどの強い光なのに何故か目に痛みはなく、ただ明るくて何も見えなくて……そして、温かい。

ぬるま湯に浸されて漂うような感覚の後、突然光が消えて視界が開ける。

すると空を覆うほど沢山あった魔鉱石爆弾と矢が、力なくぼとぼとと地面に落ちていく。まるで椿の花のようだとエルナが思う間に、大地に触れたそれらは砂になって散り始める。

風が通り抜けて残滓を吹き飛ばせば、そこにはもう何も残っていなかった。

「な、何だ⁉　一体どうなっている！」

「大変です！　予備もすべて砂になって消えました！」

指揮官がブルート兵の報告に言葉を失っている。

何よりも先程まで周囲に点在していた、黒い煙と魔力のひずみが一つも無い。平原の遠くに見えていたものもすべて、綺麗さっぱりなくなっていた。

「――エルナさん！」

グラナートの声と顔が近いので、抱き起こされた……自分がどうやら倒れていたらしいことは何となく把握できる。エルナの中から激流のごとく何かが溢れだし、一気に失ったそれに負けて体の力が抜けていた。

返事をしたいのに、怪我はないか聞きたいのに。声を出すどころか瞼を開けているのもままならない。

「……聖なる魔力の、浄化……」

誰かの呟きが聞こえたのを最後に、エルナの意識はぷつりと途絶えた。

✦第十話✦ あなたを守るために、私を守る

「エルナ様！　気が付いたんですね！」

重い瞼を開くと、リリーとアデリナの顔が見えた。

虹色の髪に紅水晶の瞳の可憐な美少女と、銅の髪に黄玉の瞳の妖艶な美少女。

目覚めの光景としては、記憶の中でも一、二を争う美しさだ。ここが天国だと言われても納得するだろうな、とぼんやり考える。

ゆっくりと視界が広がっていき、次第に自分がベッドに横になっていることに気付く。

たぶん、ここは王宮の中のアインス宮——グラナートの宮だ。

以前に側妃の呪いの魔法に対して聖なる魔力を使って倒れたが、あの時に寝かされた部屋と同じだろう。調度の類に見覚えがあるので間違いないと思うのだが、それにしてもどうしてここで寝ているのかわからない。

混乱しながらも視線を向ければ美少女二人が疲れた表情をしている。特にリリーはやつれているといってもよく、華やかな美貌がくすんでしまうほどだ。

「憶えていますか？　エルナ様は魔鉱石の爆弾を……」

「……ああ、そうでした」

リリーの言葉でようやく魔鉱石爆弾のことを思い出した。

恐らくは聖なる魔力を使ったせいで意識を失ったのだ。今回は規模が大きかったせいもあるだろうが、そもそも聖なる魔力はエルナが扱えるようなものではないのかもしれない。

さすがに平原に放置するわけにもいかなかったと思うが、レオンハルトやゾフィもいたのだからノイマン邸に戻してくれればいいのに。

それにしても体中の何かを根こそぎ吸い取られたような脱力感だったのに、今はそこまでつらくないのが不思議だ。

「リリーさんが治癒の魔法を使ってくれたのですか？　ありがとうございます」

治癒魔法は傷を治すものというイメージが強かったけれど、リリーは「傷を塞いで回復を早める」と言っていた。そのおかげだとすれば、エルナが元気なのもリリーが疲れた様子なのも説明がつく。

エルナが礼を言った途端、堰を切ったように紅水晶の瞳に涙が溢れる。

「良かった。目が覚めて良かったです、エルナ様……」

リリーは泣き出すと、エルナに縋りつく。

「エルナさんの代わりはいないと言いましたのに。何故、無茶をしたのですか……！」

言葉の響きこそ責めるようだが、アデリナもまだ涙ぐんでいた。

「ええと……？」

美少女二人の涙は美しく、抱き着かれて幸せなのだがしかし。その理由が思い当たらないので、何と反応すればいいのかわからない。

すると荒々しいノックが響き、返事も待たずに扉が勢いよく開かれた。

「エルナ、目が覚めたのか！」

「テオ兄様」

テオドールはほっと息をつくエルナの枕元まで来ると、そっと頭を撫でる。その手つきの優しさだけで、心配をかけたのだろうと何となくわかった。

「それで、何がどうなって私はここにいるのでしょうか？」

「魔鉱石爆弾と魔力のひずみを一掃して倒れたんだ。当初は呼吸も弱くて体温も下がったが、リリーの魔法で徐々に回復したところ。……まあ、軽く死にかけたと言っていい」

「わあ、それは凄いですね」

死にかけた人間をここまで回復させるなんて、さすがはリリー。乙女ゲームのヒロインとなるべき人間は格が違う。

「何をのんきな！　万が一、回復しなかったらエルナ様は……！」

リリーは声を荒げると、そのまま唇をかみしめてぽろぽろと涙をこぼす。その姿も美しいけれど、今はさすがに罪悪感の方が勝った。

「すみません、リリーさんが頑張ってくれたのですよね。ありがとうございます」

エルナが慌てて上体を起こしながら謝ると、リリーは涙を袖で乱暴に拭う。

「もう無理はしないでください」

「はい、気を付けます」

「それから、ハンカチがなくなってしまったのでまた刺繍してほしいです」

「はい、何枚でも刺繍します」

美少女の涙に逆らえずにひたすらうなずくエルナの姿に、アデリナが深いため息をつく。

「エルナさんはもう少し休んだ方がいいですわ。それからリリーさんも魔法を使い続けていたのですから、休息が必要です。この後もありますから」

「そうですね。……エルナ様、早く元気になってください」

リリーはそう言うと、エルナの手をそっと握り締める。手のひらから温かい何かに包まれる感覚は、恐らく治癒魔法なのだろう。

アデリナとリリーが出ていくのを見送ると、テオドールが首を傾げた。

「魔法の使い過ぎで精神が不安定というのもあるだろうが……リリーはちょっとエルナを好きすぎないか？」

「そうですか？」

リリーは心優しい子なので、誰が負傷してもきっと手厚く介抱してくれるだろう。だが友人として少しは特別な存在なのだとしたら、それは素直に嬉しい。

えへへ、と笑いが漏れるエルナを見たテオドールは、困ったように眉を下げた。

「まあ、回復して良かった。……すぐに殿下を呼んでくるから。待っていろ」

そう言われてみれば、まだグラナートの姿を見ていない。テオドールがここにいるのだから、王宮に戻ってはいるのだろう。

「忙しいのでしょう？　何も今呼ばなくても」

魔鉱石爆弾がすべて消えたのだとしても、兵はそこに残っていた。その後交戦したのか投降してきたのか、あるいは逃亡を図ったのかはわからない。だが何にしても事後処理だけでも大変そうだ。わざわざ呼びつけるような真似をして、グラナートの負担にはなりたくない。

するとテオドールは深いため息をつき、ゆっくりと首を振った。

「……殿下が壊れる前に、会って安心させてやれ」

かなり物騒な言葉と思いの外真剣な表情と声音に気圧されて、エルナはうなずくことしかできない。

そうしてテオドールが退室して、しばし。

ノックの後に少しの間を置いて扉が開くと、そこには淡い金髪の美少年の姿があった。

だが常は人外の輝きを放つ美貌の持ち主が、顔色は悪く疲労の色が濃く影を落としている。何よりも柘榴石の瞳が濁っている上に、エルナですらわかるほどに魔力が揺らいでいる。

以前にエルナがならず者に襲われかけた時に、恐怖すら感じたグラナートの底知れない魔力。あれが彼の中で渦巻くように暴れていて、それを無理矢理抑え込んでいるように見えた。

テオドールの言っていた「壊れる前に」の意味がわかった気がする。

いつも物腰柔らかく穏やかな王子様が、こんなに不安定な様子を見たことがなかった。

エルナが上体を起こすとグラナートはベッドの横の椅子に腰を下ろし、そっと手を握ってくる。

グラナートの手はひんやりとして冷たくて、どうにか温めようと両手で包み込むとその上から更に手を重ねられた。

まるで縋りつくようなその手つきが追い込まれているのだと無言で伝えてきて、何だか胸の奥が苦しい。

「痛みや、つらいところはありませんか？」

「はい。リリーさんのおかげで大丈夫です」

エルナの答えを聞いても、まだグラナートの表情は硬い。

「殿下こそ、大丈夫ですか？」

「……たぶん、駄目です」

微かに笑うとグラナートは手を伸ばし、エルナの頭を抱えるようにそっと抱きしめた。

「――あなたを失うかと思った」

呟くグラナートの手は、震えている。

心配をかけたのだ。

それが痛いほど伝わって、エルナの胸をぎゅっと締め付ける。

「……すみませんでした」

グラナートはエルナを抱きしめたまま、ゆっくりと頭を撫でる。

「許しません」

そう言って腕を緩めた時には顔色はだいぶ良くなっており、何よりも不安定だった魔力がだいぶ落ち着いたようだった。

ようやく柘榴石の瞳に光が戻り、エルナもほっと息をつく。

「ここは王宮ですよね？　何故ここに？」

王都の外れから移動したのだろうから、ノイマン邸に戻す方が効率がいいと思うのだが。

「伏兵がいないとも限りませんから、用心を重ねました」

なるほど。確かに、あの場の兵以外にも行動を起こしている者がいてもおかしくない。

直接グラナートを狙ってくる可能性だってあるだろうが……やはりエルナが王宮にいる意味がわからない。聖なる魔力を使ったと知られれば狙われる、ということだろうか。

「……というのは、建前です」

「へ？」

素っ頓狂な声というのはたぶんこういうこと、という声が漏れる。

「ノイマン邸に戻して、またそのまま領地に帰られたら僕が寂しいですから」

兵とか安全とか言っていたはずなのに突然の方向転換についていけず、エルナは目を丸くする。

「冗談ですよ。……半分はね。テオもいますし、安全の為に一時的にここにいてもらうことになりました」

エルナの反応が面白かったらしく、グラナートは満足そうに微笑んでいる。少し悔しい気はするものの、先ほどまでの疲労の塊のような顔に比べたら笑ってくれるだけで嬉しい。

もちろん曇っていても濁っていても麗しいのだけれど、それでも笑顔が一番だと思う。

「あの後、ブルート兵は降伏しました。ヴィルヘルムス王子はこの勝手な侵攻と敗退、ザクレス公爵との癒着を武器に、次期国王の座をもぎ取る予定です。準備が整い次第、ブルートに出発します」

魔鉱石爆弾がなくなったとはいえ、全力で抗戦されれば互いに被害が出たはず。早々に決着したというのはいい知らせだ。

王宮で準備をしているというのなら、ヘルツ国王もヴィルヘルムスを推すということだろう。一筋縄ではいかないだろうが、それでもヴィルヘルムスに後ろ盾ができたのなら少しは希望があるはずだ。

「ブルート王国にはリリーさんも同行予定です。……あの場で、ヴィルがプロポーズをしまして」

「えええ⁉」

衝撃の報告だが、グラナートがここで嘘をつく理由もないのだから、真実なのだろう。先ほど言っていた「この後がある」というのは、そういうことか。

『メインが隣国の王子様なんだけど、国の未来のために戦争を止めようと画策するんだよ』

『ヒロインも治癒魔法なのよ！　虹色の髪の美少女が攻撃魔法でドッカンドッカン暴れまわる予定だったのに』

エルナが思い出した日本の記憶と、現在の事象が重なっていく。

ああ、どうやら『虹色パラダイス』の続編は順調に進行中らしい。

虹色の髪の友人と離れることになってしまうかもしれないけど、彼女には彼女の選んだ道がある。

リリーなら、大丈夫。可憐な見た目に反して中身はしっかりした子だから、きっと幸せになってくれる。そう思うだけで、エルナも幸せな気持ちになれた。

「ザクレス公爵は爵位剝奪《はくだつ》の上、娘であるビアンカ側妃と共に幽閉。スマラクト第一王子はこれを機に王位継承権を返上して、ペルレ第一王女と共にザクレス公爵を継ぐことになりました」

「王位継承権を返上、ですか」

ザクレス公爵の処分に関しては、罪状を考えれば処刑されないだけでも優しいと言えるだろう。

スマラクトも騒動の責任を取った結果だと、感情はともかくとして理屈はわかる。

「今回初めて知りましたが、即位後に補佐してほしいからと兄上が僕に学ばせていたものは、次期国王が学ぶ内容とまったく同じでした。……それだけ昔から、兄上は王位を継がないと決めていたのです」

「そんな」

「兄上は側妃を止められなかったことをずっと後悔していました。側妃の望みは、兄上が王になること。だからこそ、王位を譲る。それが僕の身を守る最善の策だと考えたそうです」

実に単純明快な答え。まるで子供のような思考。

それでもそこに至るまでにどれだけの葛藤と苦労があったのかと思うと、エルナが口を挟めることではない。

王位継承権の返上はスマラクトにとって側妃への反抗でもあり、グラナートへの贖罪でもあるのだろう。

あるいは側妃を王位という枷から解放したいという、優しさだったのかもしれない。

「でもペルレ様も一緒に、二人で公爵……ですか？」

スマラクトの事情は何となく分かったが、ペルレがそれに追随する必要はないと思うし、何よりも爵位を二人で継ぐというのは意味がわからない。爵位とは基本的に一人が継ぐもの。複数の爵位を保有していても、跡継ぎだけが相続するのだと思っていたが……違うのだろうか。

「特例中の特例ですし、いずれは兄上一人が公爵となりますが。……僕と兄上は、姉上に自由をあげたいのです」

「自由、ですか」

やはりよくわからず首を傾げるエルナに、グラナートは柔らかい笑みを返す。

「王女の身分では絶対にできない、好きな人との結婚。それを叶えるため、公爵の立場で不要な縁談を防ぎ、いずれ姉上が結婚を考えた際には公爵家の令嬢に戻す。……さすがに平民相手では厳しいですが、貴族ならば何とかなります」

確かに、王女という立場では他国の王族か、国内なら相当な上位貴族に嫁ぐことになる。

それに対して跡継ぎではない公爵家の令嬢ならば、多少は融通が利くだろう。

「でもペルレ様自身はどう考えているのでしょう？」

政略結婚させたくないのはわかるが、本人が恋愛したいかは別問題。ペルレが仕事に生きるタイプだった場合、有能な公爵二人体制が続くだけのような気がする。

「それは大丈夫です。姉上には、長年想い続けている方がいるので。……あ、これを伝えると遠慮して『国のために有益な結婚をして役に立つ』とか言い出しかねないので、内緒にしてくださいね」

「わ、わかりました」

グラナートが指を立てて唇に触れる。秘密を表すその仕草だけでも色気がとんでもない。

変な声が漏れそうになるのを堪えて、エルナはうなずく。まったく、いつになったらこの麗しい王子の顔面に慣れるのだろう。

色気による動揺を抑えようと深呼吸するエルナを見て口元を綻ばせたグラナートは、一呼吸置くと真剣な表情に変わる。

「……ということで、僕が次期国王――王太子になります」

『グラナート王子は、スマラクト殿下から継承権を返上したいと言われたらしい。だが、断ったと言っていた』

レオンハルトに聞いた話が脳裏に浮かぶ。

スマラクトはもともと王位を継ぐ気はなかった。

そして、これでグラナートが断る道が絶たれた。

ザクレス公爵はスマラクトを王にしようとして、皮肉にも彼が王位を譲る手助けをしたのだ。

これが因果応報というやつなのかもしれない。

「……エルナさんは何故、あの場に来たのですか。危険だとわかっていたでしょう」

「大切なものを守るためです。寂しいと言っている場合ではありませんし、殿下には田舎貴族で地味で平凡な私を選ぶ、趣味の悪い王子をまっとうしていただきませんと」

当然の指摘だし、叱責も処罰も覚悟の上だ。何だかおかしな台詞になった気もするが、とにかくエルナは何度同じ時に戻ったとしてもグラナートのいる草原に向かっただろう。

言いたいことを言ってすっきりしたエルナとは対照的に、グラナートの表情は困惑に彩られている。

「ええと……寂しかったのですか？」

「はい。リリーさんだけ連れて行ったので、大変に寂しかったです」

こうなれば自棄なので、とことん正直にぶちまけるしかない。

「それは治癒の魔法が」

「わかっています。私の安全を考慮してくださったことも、私がいても邪魔だということも。でも置いて行かれたことがショックでした。このまま捨てられてしまうことも考え、玉砕覚悟でした」

「――そんなことは、絶対にありません！」

慌てて声を上げるグラナートに、エルナは微笑みながらうなずく。

そう。この律儀で物腰柔らかな王子様は、エルナを捨てたりしない。だから信じてそばにいればいいのだ。

すると小さく息を吐いたグラナートは目を伏せる。

「危険な目に遭わせたくなかったのに。またエルナさんに助けられました。……情けないですね」

「いいえ。殿下は私を庇ってくださいました」

そもそも邸に帰るよう言ったのは、危険から遠ざけるため。魔鉱石の爆弾が降り注ぐ時も、グラナートは躊躇なくエルナの盾になろうとした。

「結果的には、聖なる魔力で魔鉱石爆弾も魔力のひずみも消せました。でもそれができたのは、殿下が私を守ってくださったからです」

グラナートは困ったように眉を下げると、エルナの水宝玉の瞳をじっと見つめる。

「エルナさんが聖なる魔力を抑制している原因を考えたのですが……きっかけになったのは僕なのではないかと」

「きっかけ、ですか？」

もともとエルナは自分が魔力を持っていることも知らなかったし、聖なる魔力の存在を知ったのもつい最近だ。自由に使えない方が自然だとさえ思うのだが、抑制の原因とはいったい何なのだろう。

「聖なる魔力を使って名前を呼んだことで、僕が倒れてしまったから。……あの時、エルナさんは僕の名前をもう二度と呼ばないと、しきりに言っていましたので」

そういえば、そんなことがあった。

グラナートの名前を呼ぶ際に魔力を込められるような気がして、結果的に昏倒させたのだった。

あの時は何だかとても悲しくて情けなくて、とにかく謝罪をしていた気がする。

ユリアの言葉通り魔法は精神状態に左右されるのだとしたら、グラナートを害した力を使わないように無意識で抑制したのも辻褄が合う。

「エルナさんは嫌がらせをされても、多少の怪我の危険があっても、聖なる魔力を使わなかった。抑制の可能性を説明しても、それは変わらない。――あなたは、自分のために聖なる魔力を使わない」

そこまで言うと、グラナートは椅子から立ち上がってベッドに腰掛ける。手を伸ばせば届く距離に麗しい顔が近付いたことで、エルナの鼓動がどきりと跳ねた。

「うぬぼれていると言われるかもしれませんが、今回聖なる魔力を使ったのは僕を守るため、ですよね」

「ええと。そう……だと思います」

必死だったので細かいことは憶えていないが、グラナートが死ぬかもしれないと思ったことが引き金なのは間違いない。

グラナートはうなずくとそっとエルナの手をすくい取り、両手で包み込む。まるで神に祈りを捧げるように、その手に自身の額をこつんとぶつけた。

「エルナさん。あなたの力は、何よりもあなた自身を守るために使ってください。それが僕の願いであり、僕の身を守ることにもなります」

「私を、守る……」

聖なる魔力のせいで、グラナートは倒れた。

だが、その力を彼が許すのなら。迷惑をかけるだけではないというのなら……グラナートがそれを望むのなら。

聖なる魔力を使うのは、悪いことではないのかもしれない。

「……わかりました。殿下を守るために、この力を自分にも使うよう努力します」

「僕も、あなたが二度とこんな目に遭わぬよう努力します。だから、どうか……あまり心配させないでください」

そう言って微笑むと、グラナートの手がそっと頬を撫でる。

「虹色の光が煌めいたあなたの瞳は、とても美しかった。あんな時でも独占したいと思った僕は、心が狭いのでしょうね」

そう言いながらグラナートの手は宝物に触れるかのように優しく頭を撫で、再び頬を滑っていく。

「で、殿下？」

今までにない触れ方に加えて間近に迫る麗しさ無限大の顔に、吐息交じりの声。正直刺激的というレベルを超えて攻撃的と言った方がいい圧なので、寝起きのエルナの鼓動がついていけない。

くすぐったくて思わず首をすくめるエルナを見て、グラナートが楽しそうに笑った。

「では、清算していただきましょうか」

「清算⁉」

想定外の言葉に目を丸くするエルナに、グラナートの柘榴石の瞳がきらりと輝いた。何が何だかわからないが、これはピンチの予感である。

「約束を破って邸を出たぶんと、心配をかけたぶん。相応の支払いをしてもらわないといけません。それから、僕のことを悪趣味だとも言いましたね」

「え、あ、その」

確かに王子の命令に背いたわけだし、それだけでも処罰の対象になりえる。しかもグラナートは王太子になることが決定したわけで、つまりは次期国王。

エルナの行動のせいで次期国王を危険に晒したと考えれば、重罪。

悪趣味と言うのは誰がどう見ても不敬罪。

最悪、ノイマン家も責任を取ることになるかもしれない。

脳内で日本のそろばんがパチパチと珠を上下させ、何故かとどめに電子レンジのチーンという音が鳴り響いた。

「家族だけは助けてください……」

少し瞳を潤ませながら懇願するとグラナートは目を丸くし、次いでくしゃりと顔を綻ばせた。

「そういう意味ではありませんよ。エルナさんのおかげで魔鉱石爆弾の被害を最小限に食い止められましたし、罰することはないです」

では、ノイマン家終了のお知らせではないのか。

よく考えればグラナートがそんな横暴なことをするわけもないのだが、まだ頭が混乱しているらしい。

「でも、それなら何を……？」

首をひねるエルナに笑みを返すと、グラナートは腰を上げてエルナの真横に座り直す。その腕がエルナの肩を抱き寄せ、体の傾きと共にグラナートの胸にもたれるような形になった。

至近距離で見上げるグラナートの美貌は圧巻で、陶器のような滑らかな肌も、角度を変えたことで更にきらめきを増す柘榴石の瞳も、一つ一つが確実にエルナの心臓に突き刺さる。

胸も呼吸も苦しいし何の責め苦なのだと問いたいが、にこりと微笑まれればそれだけで何も言えなくなる。どうしようもなくて顔を背けようとすると、大きな手がその頬に添えられてエルナの動きを阻んだ。

目の前には自身で光を放つ宝石だと言われても納得の、美しい柘榴石の瞳。その瞳は、まっすぐにエルナだけを映し、とらえて離さない。

「あまり心配をさせないで。あなたを失いたくない」

もはやそれは言葉ではなく吐息であり、感情そのもの。

伝わる想いの強さに、くらりと目が回りそうになる。

「それから、僕は悪趣味ではありませんよ。あなたはとても可愛らしくて魅力的ですし、僕を惹きつけてやまない」

もはやエルナの息の根を止めようとしているとしか思えず、目と耳に加えて皮膚でも熱く感じる想いに鼓動が爆発してしまいそうだ。

「――愛しています」

言葉の威力に負けて呼吸ができず、酸欠の魚のように開いたエルナの唇をグラナートの指がなぞる。優しいその感触にエルナが身震いすると、グラナートは微かに笑い声を漏らす。

まるで磁石のように引き寄せられ逃れる術を持たないエルナの唇を、グラナートのそれがゆっくりと塞いだ。

閑話　アデリナの告白

「いや。俺は踊る機会も少ないし、手本にはならないと思う」

アデリナはその言葉に、少しほっとした。

テオと踊るなんて恥ずかしくて、考えただけでも顔が赤くなってしまう。もちろん一緒に踊れたら素敵だとは思うけれど、今はエルナのダンスレッスンだ。余計なことを考えるのはやめよう。そう思っていたのに。

――何故、エルナとテオが踊っているのだ。

グラナートとダンスしながらも、アデリナの全神経はエルナとテオに向かっている。どうやら説明をしているらしいが、そもそも見本を見せろと言ったのはエルナなのだから、こちらを向くべきだろうに。

「……気になりますか？」

「え？　な、何がですの？」

グラナートの言葉に、平静を装えずに声が上擦る。

「テオとエルナさんを見ていたようなので」

「そ、そんなことは」

——ある。大いにあった。

こんな質問をされるのだから、きっとアデリナの集中力不足が伝わっているのだろう。だが、エルナとテオが手を取って踊っているのが気になって仕方ない。

アデリナとは踊らなかったくせに、エルナとは踊るのか。しかも表情も動きも自然で、何だか仲睦まじい。

エルナもエルナだ。グラナートがいるというのに、護衛のテオとそんなに親密でいいのか。

風紀が乱れている、風紀が。

大体、グラナートも何故黙って見ているのだ。

ダンスの講師にはあれだけ嫉妬と独占欲を見せたというのに、テオのことは信頼しているということだろうか。

モヤモヤとした心を抱えながらも、やはり気になって二人を見てしまう。それに気付いているらしいグラナートに苦笑いされ、申し訳ないやら恥ずかしいやら、テオに一言言ってほしいやらで、更にモヤモヤが募った。

その時、おもむろにエルナがテオの胸に顔をうずめ、一瞬グラナートの動きが止まる。

——これは、一体どういうことなのだ。

「ええ！　これもですか⁉」

エルナの叫びに駆け寄ってみると、講師による嫌がらせが発覚したという。テオの胸に顔をうずめていたのは、講師の密着具合を説明したらしい。

あれは密着というよりも、もはや抱擁と言った方がいいだろう。あの講師は丈の短い体に沿ったワンピースをエルナに着せて、太腿を露にしながらダンスレッスンをしただけでは飽き足らず、そんなことまでしていたのか。

アデリナの中に怒りが湧く。隣のグラナートの周囲に冷気が生じたのは、気のせいではないだろう。

「解雇だけでは手ぬるいですわ、殿下」

「そうですね。しかるべき対応を取りましょう」

「俺からもお願いします」

……何故、テオまで怒っているのだ。

いや、主君の妻となるべき女性に対してのあまりな対応に、怒りを覚えるのは正しい。だがしかし、何かそういうものとは違う気がするのだ。

テオは確かに『グラナートの妻になる女性』ではなくて、『エルナ』を案じて怒っている。

何だか釈然とせずモヤモヤを抱えたまま、アデリナはレッスンを続けた。

＊＊＊＊＊＊

「エルナ、目が覚めたのか！」

「テオ兄様」

扉を開けて入って来たテオの姿を見て、エルナはほっと息をつく。テオはエルナの枕元まで来ると、そっと頭を撫でた。その親密な様子も気にはなったが、その前に。

――テオ兄様？

……どういうことだろう。ただの言い間違いにしては、あまりにも慣れた言い方だった。エルナ・ノイマンとテオ・ベルクマンは、親戚か何かなのだろうか。そう言われれば、どことなく雰囲気は似ている気がする。

混乱しながらもじっと見ていると、アデリナの視線に気付いたらしいテオと目が合った。

『あ・と・で』

唇の動きだけでそう語りかけられ、アデリナは口を閉ざすしかなかった。

「こっちに来てくれるか」

リリーを休める部屋に案内した後、いつの間にかアデリナの横に立っていたテオはそう言うと歩き出してしまった。

中庭のベンチに腰掛けたテオを見て、アデリナもその隣に座る。

「……エルナさんと、どういう関係ですの？」

「さっき聞いた通りだよ。俺はエルナの兄だ」

まあ予想通りではあるが、それでも疑問は多い。

「でも、名前が」

「本名はテオドール・ノイマン。髪も本当は黒髪。殿下の護衛任務の関係で、偽名を使って変装していたんだ」

突然のことに困惑しつつも、これでエルナに親身なのにグラナートとは何か違う理由がようやくわかった。

妹だから、家族だから、エルナが大切なのだ。

ならば、少し前に耳にしたノイマン邸からテオが出て来たという噂は本当だったのだろう。

『昨夜、我が家に出入りした男性と言えば、執事見習いと兄くらいです』

エルナは確か、そう言っていた。彼はただ自宅に戻っただけなのだ。

「もうすぐ任務がひと段落して『テオ』の必要性がなくなる。その時に説明しようと思ったけれど」

　では、もうすぐ学園からいなくなるのだ。エルナの兄ならば学園に通う年齢でもないだろうから、簡単には会えなくなる。

　ならば今しかない。気持ちを伝えるのなら、今しか。アデリナは震える拳を握りしめた。

　地獄のレッスンを思い出せ。あれに比べれば、何てことはないだろう。

　だが勇気を振り絞ろうとするアデリナよりも先に、テオが口を開いた。

「……だから、今度はテオドールとして会ってくれるか？」

「え？」

　何を言われたか理解できず、呆然とする。

「偽名と変装は終わるけれど、護衛は続行する。正式に殿下付きの近衛騎士になるんだ。だから学園にはこのまま殿下と一緒に通うよ。……急に名前と髪の色が変わるから、色々言われそうだけれど」

「それは……おめでとうございます」

　貧乏男爵家の四男と思われていた人物が、子爵家の令息で近衛騎士とわかるのだから、どちらかと言えば女生徒は喜ぶのではないだろうか。

　そうか。今度は『テオ』ではなく、『テオドール』という名前になるよ、ということか。

　てっきり、学園を離れても会いたいということなのか、と勘違いしてしまった。人間は都合のいいように言葉が聞こえるものだ。

何だか自分が恥ずかしいが、これでしばらくはテオに会える。それだけでも嬉しくて、アデリナはほっと胸を撫でおろす。

すると、ベンチの上にあったアデリナの手にテオの手が重なった。

「――なあ。ひとめぼれって、まだ有効？」

衝撃の言葉に、アデリナの動きどころか呼吸も止まる。

ひとめぼれ。

それはつまり、あれだろうか。


『――あの、ひとめぼれって、信じてくださる？』


テオとの初対面で、アデリナが思わず放った言葉。

未だに何故あんなことを口走ったのかわからないが、思い出すだけでも顔から火が出そうだ。あの時に戻れるものならば、自分の頬を叩いても飲み物をぶちまけてでも阻止するのに。

「……もし有効なら、嬉しい」

「え？」

また、アデリナの耳が都合のいい音を脳に届けてきた。先ほどのことから推察すると、『変なことを言わないように気を付けて』という感じだろうか。
でも、テオの顔も心なしか赤い。
……もしかして。
もしかして――？
いや、テオの言葉は関係ない。自分で伝えようと決めたのだ。
アデリナは黒曜石の瞳をまっすぐ見つめると、思い切り深呼吸をした。
「あの日からずっと、テオ様をお慕いしております」

✦エピローグ✦

「どうしろと言うのでしょうね……」

舞踏会のその日、エルナには王宮の一室が用意された。

王太子となるグラナートの妃候補の支度用ということらしいが、わざわざ立派な部屋が必要なほどの大仰な支度などない。というか魔鉱石爆弾の件からずっとアインス宮に留められているので、既に部屋がある。つまりこの部屋は本格的に不要だ。

ノイマン邸から侍女のゾフィが来ている上に王宮の侍女もいるので、あっという間に身支度は終わり暇を持て余していた。

「せっかくの部屋を使わないのも、もったいない気がしますけれど……使い道がありません」

エルナのため息に、ゾフィがうなずき返す。

世の御令嬢は、こうして部屋を与えられたら活用できるのだろうか。あるいはもっと長時間に渡って優雅に支度をするのかもしれない。エルナの令嬢力が低いせいで何らかの支度が抜けている可能性もなくはないが、今回に関しては王宮の侍女まで手伝ってくれたのでそれはないはず。

まったく想像もつかないので、今度アデリナにでも聞いてみよう。

色々考えながら、エルナはぐるぐると部屋中を歩き回る。

「……エルナさん、何をしているのですか？」

いつの間にか扉を開けて姿を現していたグラナートは、訝し気にエルナの歩行を見ていた。

「ああ、殿下。部屋の使い道が思い浮かばないので、とりあえず隅から隅まで歩いています」

するとグラナートの口元は次第に綻び、その後ろに控えているテオドールも苦笑いを浮かべていた。エルナはただ歩いているだけなのに、何がそんなに面白いのだろう。

「無理に使わなくてもいいのです。支度用でもあり、休憩用ですわ。疲れたらここで休んでくだされればよろしいのよ」

笑うグラナートの後ろから、金の髪と真珠の瞳の美しい女性が顔を出して微笑む。エルナの目を潤し心を癒すありがたい美人姉弟だが、今日ももちろんその美貌は眩しいばかりだ。

「エルナさんはグラナートの妃となる女性であり、蔑ろにすることは許さない。そのアピールが一番の目的ですもの」

「そうなのですか⁉」

わざわざ部屋を用意して多数の侍女をつけるとはさすがは王宮、無駄予算……と思っていたのだが。まさかそんな思惑があったとは。

「あの講師達のような愚か者が出てくるのは、困りますからね」

グラナートがうなずいているということは、ペルレの言葉が正しいのだろう。気遣いは大変にありがたいのだが、その講師達の嫌がらせにほぼ気付いていなかったエルナとしては何となく肩身が狭い。

「ええと。ペルレ様は何か御用が？」

「これをあなたに差し上げたくて」

そう言ってペルレが取り出したのは、薄紫色の石が使われた綺麗な装飾品だった。まるで藤の花のように小さな飾りがいくつも連なって揺れ、光を弾いている。

「これは王族の女性に受け継がれる髪飾りですわ」

「ありがとうございます。とても可愛らしいですね」

手に乗せられた髪飾りは見た目よりも重さがあるけれど、それを忘れさせる美しさだ。しゃらしゃらと揺れるたびに奏でる音も心地良く、決して派手ではないのに目を引く。

「ええ。あなたが王族に認められた証にもなりますわ。うっとうしい貴族に絡まれたら見せておやりなさい」

田舎貴族の地味で平凡なエルナに納得しない者は多いだろう。ずっとグラナートのそばにいるわけにもいかないだろうから、こうして味方がいるだけでも心強い。

「せっかくなので髪につけたいですね。ゾフィ、お願いできますか？」

「はい、エルナ様」

「……ゾフィ？」

ペルレは眉を顰めると、エルナから髪飾りを受け取ったゾフィの姿を見て目を瞠る。

「ゾ、ゾフィ・シュトラウス、ですか？」

「殿下、お久しぶりでございます。御立派に成長なさいましたね」

「……ペルレ様と知り合いなのですか？　ゾフィ」

ペルレは気さくな人柄とはいえ、一国の王女だ。田舎貴族のノイマン家で侍女をしていたゾフィと接点があるとも思えないし、まして親しげに挨拶をかわす理由が思い当たらない。

「私が騎士だった頃に、王都へのお忍びに同行したことがございます」

「懐かしいですわ。あの時はならず者に絡まれたのですけれど、ゾフィがあっという間に倒してくれて。……わたくし、あの強さに惚れこんで女騎士を目指しましたのよ」

目を細めて懐かしむペルレに、ゾフィが頭を下げた。

「恐れ多いお言葉です」

ではペルレの俊足の原因である体力作りは、ゾフィに憧れて始まったものなのか。世間は意外と狭いものである。

感心している間に、ゾフィは結い上げたエルナの髪に手際よく飾りを挿す。濃い目の灰色の髪に薄紫色の石がよく映え、ゆらゆら揺れる様が視界の端に見えて何とも美しい。

エルナ自体はどう磨いても平凡地味に変わりはないけれど、この髪飾りの輝きとペルレの心遣いが背を押してくれる気がした。

「ありがとうございます、ペルレ様」

「よろしいのですよ。わたくしはもう行きますけれど、何かあればいつでも仰ってね」

「はい」

優雅な微笑みと共に去るペルレに、ゾフィは再度頭を下げた。

容姿は美しく、立ち居振る舞いは上品で溢れる気品も素晴らしい上に、優しい。グラナートの妃になるというのは未だにピンとこない部分もあるが、あのペルレが姉になるというだけで身に余る幸せだ。

ほう、と幸福のため息をつくエルナの前に、グラナートが立つ。

人外と言われても納得の整った顔に、室内でも輝きを隠せない淡い金の髪。ただそこに立っているだけでもご利益がありそうな気品の塊は、さすがペルレの血縁と心の中で唸ってしまう。

「とても似合っていますよ。ドレスも、髪飾りも」

「あ、ありがとうございます」

油断している所に真正面から誉め言葉をかけられたせいで、声が上擦ってしまう。

もう何度も見ているはずなのに一向に慣れないどころか、輝きを増している気さえするのだから恐ろしい美貌だ。麗しいグラナートに褒められれば落ち着かないし、テオドールが笑っているのが見えて更に落ち着かない。

だがエルナは人目の多いこの場だからこそ、話しておきたいことがあった。

「あの、殿下。私がずっとアインス宮にいるのはおかしいと思うのですが」

魔鉱石爆弾の一件の直後に王宮に運ばれたのは安全面を考慮したものであり、そこはまだ納得できる。その後も移動は体に負担だというグラナートの命もあり、未だに王宮に居続けていた。だが、さすがにそろそろ出た方がいいだろう。

「何もおかしくありませんよ。エルナさんは王太子となる僕の妃……将来の王妃なのですから」

だから帰りますと言いたかったのに、グラナートが笑顔で恐ろしい言葉を持ち出してきた。

確かにグラナートは王太子になるので、いずれは国王。その妃は当然、王妃だ。

理屈としてはわかるのだが、気持ちがついてこない。幼稚園児のかけっこに陸上のトップアスリートが混じったくらいの、圧倒的な置いてきぼり感だ。おかげで勢いが削がれるが、ここで引いては王宮の住人一直線。頑張る時は、今だ。

「長々と滞在しては王宮の皆様にも迷惑だと思います。……ねえ？」

何の問題があるのだろうと言わんばかりの、純粋無垢な柘榴石の瞳がつらい。

このままでは負け戦。どうにか味方を得ようと視線を泳がせると、優しく微笑むゾフィと目が合った。

「そんなことはありませんよ、エルナ様」

「……どういうことですか？」

てっきりエルナに同意してくれると思ったのに、意味がわからない上に何となく不穏な気配を感じるのだが。

「講師の嫌がらせにも負けず、ミーゼス公爵令嬢の地獄のレッスンにも耐え、王子のために他国の王女を庇って負傷する気概の持ち主など、他におりません。王宮の使用人の中にもエルナ様を慕う者は多いのですよ」

「……え？」

笑顔のゾフィの言葉に、エルナは首を傾げる。

講師達による卑猥なワンピースをはじめとしたあれこれは、どうやら使用人から見ても明らかな嫌がらせだったようだ。

そしてアデリナのレッスンは貴族令嬢の通常営業ではないのか。田舎暮らしのツケが回ったのだと思って、必死に食らいついていたのだが。

そもそも王子のために王女を庇う、とは何のことだろう。

「……ということになっております」

疑問だらけで混乱するエルナに、ゾフィがしれっとそう告げた。

「盛った？　盛ったのですか？　話を！」

事実が入っているものの何だかおかしいと思ったら、犯人はゾフィか。だが詰め寄るエルナにもゾフィは微笑みを崩さない。

「私は真実しか話しておりません。……解釈は人それぞれですが」

「盛った！　盛りましたね！　王宮で何をしているのですか、ゾフィ！」

嫌われるよりは好かれる方がいいとは思うけれど、それにしたってどうなのだ。

「確かに嘘ではありませんね」

グラナートが楽しそうに笑うものだから、ゾフィの行動を咎めるのも難しい。

「さあ、時間です。会場に行きましょうか」

眉間に皺を寄せるエルナに、グラナートが手を差し伸べる。

ここでずっと問答をしているわけにもいかない。何よりも笑顔のグラナートを無視などできやしないのだ。

支度部屋を出て回廊を進むのはグラナートとエルナ、そして護衛であるテオドールの三人。

帰宅の話がうやむやになったのはもう強行突破で帰ることにして、とりあえず聞きたいことがあった。

「それで、ヴィル殿下はどうなったのでしょう？」

魔鉱石爆弾の一件の後に王宮で準備をして、ブルート王国に向かったことまでは知っている。それにリリーが同行したことも。だがそれ以上のことはよくわからなかった。

「ちょうど今朝知らせが届いたのですが、無事に兄王子達を退けて次期国王の座を勝ち取ったようです」

「そうなのですね！　良かった……」

ヴィルヘルムスが次期国王になり兄王子達の力が削がれるのならば、もう魔鉱石爆弾が作られることはなくなるだろう。もちろん、戦争を仕掛けてくる心配もない。

ヴィルヘルムスの望みが叶ったのも喜ばしいが、何よりも家族や大切な人達が危険に晒されないのが嬉しかった。

「何せ虹の聖女という婚約者を伴っての帰還ですから。かなり話が早かったようです」

「……虹の聖女？」

ヴィルヘルムスはリリーにプロポーズしたと聞いたので、婚約者というのはリリーのことだろう。だが彼女は虹色の髪を持つ美少女で希少な治癒の魔法を使えるが、聖女ではないはず。

それとも、エルナの知らないうちに聖女の力に目覚めたのだろうか。

「それなのですが。ヴィルがリリーさんにプロポーズしたというのは話しましたよね。あれが、あまりにも突然すぎたせいでリリーさんに正しく伝わらず」

「ええ⁉」

エルナに対してとんでもなく失礼なプロポーズだったので、リリーにはきちんとしろとあれほど言ったのに。ヴィルヘルムスは、おかしなプロポーズしかできない病にでも罹患《りかん》しているのだろうか。

「リリーさんは『本物の虹の聖女が悪用されないように自分が聖女のふりをする』のだと解釈して、

ヴィルのプロポーズもその一環だと思ったようなのです」

「じゃあ、ヴィル殿下の気持ちは」

「恐らく、わかっていないかと。……ヴィルの方も、そんなつもりはなかったのについうっかりプロポーズしてしまったらしく。とりあえず友人の位置を確保できただけでありがたいので、ゆっくり頑張るそうです」

——ついうっかり、プロポーズ。

あまりにも聞き覚えというか身に覚えのある言葉に、エルナの頬がひきつる。

あの時、エルナは聖なる魔力で魔鉱石爆弾と一帯の魔力のひずみを浄化した。そばにいたヴィルヘルムスは当然聖なる魔力を浴びたわけで……つまり、浮かされた可能性が高い。

「どうしましょう……」

もともとリリーに好意があったとはいえ、立場上その気持ちを伝えたかどうかは怪しい。

それなのにうっかりプロポーズさせてしまったことも、それがまったくリリーに伝わっていないことも、どちらも申し訳ない。

「あとは本人が道を選びますから、大丈夫ですよ。未来のブルート国王に恩を売るのも悪くないので、リリーさんがこちらに帰ってきた後も手紙くらいはつないであげる予定です。ねえ、テオ?」

本当は応援しているだろうに心にもないことを言うのは、男同士だからか。それとも王族だからなのだろうか。

「難しい話は、俺にはわかりません」

困った話題を振られたテオドールは、肩をすくめる。

「一応、ヴィルは友人ですからね。身分の差があろうとも、好きな人と幸せになってほしいでしょう？　……君のことも友人だと思っていますよ。テオドール」

笑みと共に告げられた言葉の意味を正しく理解したらしいテオドールの眉間に、うっすらと皺が寄った。

「俺は、しがない田舎貴族ですよ？」

「そうですね。だからこそ、その時には僕が応援してあげます」

グラナートの柘榴石の瞳が細められ、瞼に押し出された光がきらりと輝きを放つ。

――身分の差があっても、友人が好きな人と幸せになれるように。

それが何を意味するのか何となくわかってしまったエルナは、静かに口元を綻ばせる。

エルナには美しい金髪の義姉ができる予定だが……もしかすると、銅の髪の義姉も増えるかもしれない。

「もしも、そんな時が訪れたら……殿下の厚意にありがたく甘えることにしましょう」

テオドールはそう言うと、困ったように微笑んだ。

舞踏会の会場はシャンデリアがきらめき、その光を磨き抜かれた床が反射し、更にきらびやかな装いの人々で賑わう。

未だ慣れない華やかな場だが、会場中の人を集めてもなお太刀打ちできないほど一人で華やかな存在が隣にいるので、少しは耐性がついた気もする。

本当にどれだけ美しいのだと感心半分、呆れ半分。そして色々な意味で生きる世界の違うこの美少年がエルナを想ってくれているなんて、奇跡以外の何物でもない。

心の中で感謝の柏手を打っていると、エルナの視線に気が付いたらしいグラナートがにこりと微笑んだ。

「エルナさん、こちらへ」

手を引かれるままに歩くが、どうやら会場の中央に向かっているらしい。

「ダンスですか？」

アデリナの特訓でそれなりに踊れるようになったが、公衆の面前というのはさすがに緊張する。

グラナートならば上手にリードしてくれるだろうから、あとは間違っても足を踏まないように気を付けなければ。

「いいえ。まだ体調を考えて踊らない方がいいでしょう」

「平気ですけれど」

「今は駄目です」

そう言いながら、更に奥へと進んでいく。

どうやらダンスではないらしいが、だったらどこに行くつもりなのだろう。

歩調がゆっくりなのはエルナの体を気遣っているせいだと思うけれど、この調子ではもう少し王宮に残れと言われかねない。元気なのだというアピールのために歩みを早めると、小さな笑い声が耳に届いた。

「これからいつでも踊れますから、今日は我慢してくださいね」

「え？　いや、そういうわけでは」

別に踊りたくて勇み足なわけではない。踊らなくていいのなら、その方が嬉しいくらいだ。

だがエルナが誤解を解く前に、グラナートの足が止まった。

「お待たせ致しました、陛下」

「……陛下？」

グラナートの視線の先にいたのは、金の装飾が豪奢《ごうしゃ》な椅子に座った男性。淡い金髪に青玉《サファイア》の瞳が美しいグラナートに似た問答無用の美貌は、間違いなく国王なのだろう。

だが、その前に立つ理由が思い当たらない。

「国王陛下。私の妃となる女性をお連れしました。エルナ・ノイマン子爵令嬢です」

緊張して身構えるエルナの隣で、グラナートが朗々と声をあげた。

公衆の面前どころか国王の目の前での突然の宣言に、エルナは声を失って固まる。

確かに妃候補として教育も受け始めているし、グラナートは他に妃を持たないと最初から言っているし、妃候補筆頭だったアデリナも既に辞退している。だから言っていることに間違いはないのだが、心が追い付かない。

国王は静かに話を聞いていたかと思うと、グラナートによく似た穏やかな笑顔でうなずいた。

「正式に王太子となったグラナートが、妃を選んだようだ。……よろしく頼むぞ、エルナ」

国王の言葉に、周囲の貴族が息を呑む。

「え、は、はい？」

気圧されたエルナの口からは、上擦った声が漏れた。これはつまり、エルナが国王に認められたということであり、もう候補ではなく将来の妃であると確定したわけだ。

急なことに理解が追い付かないエルナの前に、グラナートがひざまずく。

やたらと絵になる仕草にまるで王子様みたいだなと思ったが、紛うことなき生粋の王子様なのだから当然である。混乱のあまり謎の感心をするエルナの左手をすくい取ったグラナートは、薬指に指輪をはめてにこりと微笑んだ。

「この石を探すのに苦労しました」

エルナの指にはめられた指輪には、淡い水色の中に七色の虹が閉じ込められたような輝きを放つ石があった。シャンデリアの光を受けてきらきらと輝く様は、夢のように美しい。

「水の蛋白石……？」

「はい」

うなずくグラナートはとても嬉しそうで、その笑顔にエルナの口元もつられて綻んでいく。

「……綺麗ですね」

聖なる魔力を使った時にはエルナの瞳に虹色の光が浮かぶと聞いたが、それはこの石のような輝きなのかもしれない。

「あなたの方が綺麗ですよ」

「そ、その言い方だと誤解が！」

エルナの瞳に浮かぶ虹色の光のことを言っているとわかるけれど、言い方がおかしい。それではあらぬ誤解を招きかねないし、何より恥ずかしくて仕方がないではないか。

頬を染めながら慌てて首を振るが、グラナートは何故か笑みを返し、そしてエルナの左手にそっと口づける。

「王太子として。グラナート・ヘルツ個人として。あなたを生涯大切にすると誓います」

「――は、はいっ！」

条件反射で勢いよく返事をしてしまったが、今のは何だ。あれでは、公開プロポーズではないか。

いや、むしろ結婚の誓いと言っても過言ではない。

プロポーズ自体は既にされているけれど、これは反則だ。

公衆の面前でのまさかの行動に鼓動が鳴りやまず、エルナは胸を押さえる。それを見て微笑んだグラナートは、立ち上がるとそのまま耳元に口を寄せて囁いてきた。

「あなたを誰にも渡すつもりはありませんから……覚悟してくださいね」

「ひいっ⁉」

――耳が、楽園《パラダイス》。

麗しい声音に、耳をくすぐる吐息に、刺激的な言葉に、破壊力抜群の美貌。あまりのことにくらりと目が回り、思わず一歩距離を取る。

何という美の暴力。少しは自分の容姿の威力を理解してもらわないと困る。

周囲の女性達が頬を染めながら黄色い声を上げているが、ただ耳打ちする姿を見ただけでこれだから本当に恐ろしい。

田舎貴族の地味で平凡な令嬢が麗しの王太子の妃だなんて、嫉妬も批判も多いだろう。だが、もう気にしても仕方がない。開き直るかしかないのだ。

この水の蛋白石の指輪は、エルナにとっての戒めでもある。

――聖なる魔力は、グラナートのために。だからこそ自分のためにも使う。

もう迷いはなかった。

グラナートのそばにいると決めたから。隣に立つと決めたから。……だから。

エルナは深く息を吸うと、背伸びをしてグラナートの耳元に囁く。

「誰にも渡されるつもりはありませんから、大事にしてくださいね」

美しすぎる未来の旦那様に、エルナは水宝玉の瞳を細めて微笑んだ。

しゃらしゃらと揺れる髪飾りの薄紫色が視界に入った次の瞬間、グラナートの手はエルナの頬を滑るように撫でる。

まるで見えない糸に手繰り寄せられるように、その唇はゆっくりとエルナの額に落とされた。

✦番外編✦ グラナートの配慮

「――消えて！」

エルナが叫んだその瞬間、辺りを真っ白な光が包み込んだ。

澄み切った水のごとき清いモノが、辺り一面に広がっていくのがわかる。光の洪水のような光景は目が開けていられないほど眩しいのに、それでいて決して嫌ではない。

まるで光に心身を洗われるような不思議な感覚に、グラナートの口から感嘆の息が漏れた。

するとあっという間に光は消えて視界が開かれ、同時に糸の切れた操り人形のようにエルナの体が崩れ落ちる。

「――エルナさん！」

あれだけの魔力を放出したのだから、当然と言えば当然だ。慌ててその体を抱き起こすと、エルナはぼんやりと瞳を開けて虚空を見つめていた。

淡い水宝玉の水色の中に虹色の光の粒がいくつもきらめいて、揺らめいて。思わず見入ってしまうほどに、神秘的で美しい。

「……聖なる魔力の、浄化……」

ヴィルヘルムスがそう呟くのが耳に届き、やがてエルナの瞳がゆっくりと閉じていく。

呼吸はある。

生きている。

それはわかっているが、規格外の魔力を使ったのも事実。それも先日まで無意識で抑制していた力を、一気に放出したのだ。相当な負荷がかかったのは明白。

最悪の場合、目を覚まさないことだってあり得るだろう。

グラナートはエルナをレオンハルトとリリーに託すと、そのまま立ち上がってブルート兵を見た。

魔鉱石の爆弾はすべて砂になって散った。魔力のひずみも見当たらない。あとは指揮官の男を捕らえ、この一連の勝手な行動と公爵との癒着を盾にすれば、ヴィルヘルムスはブルートの次期国王の座を得ることができるだろう。

だが……それだけでは気が済まない。

グラナートはゆっくりとブルート兵に向けて手を伸ばす。

それを合図に自由になった魔力が荒れ狂って迸り、舐めるように地面を這った炎があっという間にブルート兵を取り囲む。

炎が生む風がグラナートの頬を撫で、その熱に少しだけ眉を顰める。グラナートの魔力による炎なので相応の耐性があるのにこの熱さということは、炎に近いブルート兵達は恐らく皮膚を焦がすほどの熱に苛まれていることだろう。

実際に炎に直接接する地面の砂は耐えられずに溶け始めているし、ブルート兵の衣服の一部からは煙が上がっている。

魔鉱石爆弾と魔力のひずみがない以上、消し炭にするのは容易い。このまま何もせずとも、いずれ全員炎に飲まれるだろう。

だが……エルナはきっとそれを望まない。

グラナートが手を下ろすと、その一瞬で炎がすべて消え去る。行き場のない取り残された熱が、風と共に周囲に吹き荒れた。

「──投降しろ。さもなくば、すべて灰にする」

グラナートの一言に、ブルート兵は一斉に地面にひれ伏した。

＊＊＊＊＊＊

「あんな人前で、生涯大切にとか……言わなくてもいいと思います」

王宮の舞踏会会場から少し離れた庭。水辺のガゼボに声が響く。

グラナートを見上げながら、左手の薬指に水の蛋白石が輝く指輪をはめたエルナが少し頬を膨らませて訴えていた。一応は抗議しているのだろうが、正直逆効果だ。だが可愛いので指摘せずにそのままうなずく。

舞踏会という大勢が見守る場で、国王が王太子となったグラナートの妃にエルナを認めた。正式な結婚はまだだが、エルナの立場は次期王太子妃に確定したことになる。これで堂々とエルナを守ることができるし、誰にも奪わせない。

それだけでも嬉しいのに、目の前のエルナが可愛らしくて頬が緩んでしまう。

「聞いていますか？」

「はい。何でしょう」

返事をしてエルナを見つめると、何故か小さいうめき声と共に視線をそらされた。どうやら照れているらしいのだが、何もしていないのにもう赤くなっているので先が思いやられる。

「顔が……ずるいです」

「ずるいのはエルナさんですよ。その顔も可愛らしい」

赤くなったエルナの頬を撫でると、小さく悲鳴が上がる。うっすらと赤かった顔が、一気に熟れた果実のように赤くなっていく。

「だ、だから！　何もあんなに大勢が見ている前でプロポーズみたいなことを言わなくても！　それに、人前で額にキ、キスを……！」

何を抗議しているのかと思ったら、そんなことか。

「みたい、ではなくてプロポーズです」

「それはわかりますけれど」

「僕があなたに夢中なのだと、知らしめたほうがいいと思いまして」

「ええ⁉」

「それから、恥ずかしがるエルナさんが可愛いので満喫しました」

絶句とは、こういうことか。エルナは真っ赤な顔で、そのまま口をパクパクさせている。

何かを言いたいというよりは、息ができないという感じらしく、どうにか自身を落ち着けようと胸を押さえる様も愛らしい。

「それから人前で額にキスですか。あれでも一応配慮したのですが、嫌でしたか？」

「は、配慮？　あれで？」

信じられないと言わんばかりにこちらを見上げてくるが、正真正銘全力の配慮の末なのでグラナートとしてはうなずくしかない。

「ですから、嫌とかではなく。人前で……」

「ああ、なるほど。わかりました」

「わかってくれました⁉」

「はい。……人前でなければいいのですね」

エルナが口を開くよりも早くその腰に腕を回して引き寄せると、滑らかな頬に手を伸ばして視線を交わす。水宝玉の瞳は澄み切った水底のように美しく、いつまでも見ていられる。

「ここには僕とエルナさんしかいないので、配慮は不要ですね」

「い、いえ！　いつでもどこでも配慮は大切かと！」

慌てて訴える様子が可愛らしくて、思わず笑ってしまう。今はこうしてエルナを愛でるだけでも幸せだが、将来に備えて少しずつスキンシップに慣れてもらわないと困る。

「では未来の妃に配慮して、少しだけ」

ほんの少し。かすめるだけの口づけに、エルナは身震いしてグラナートを見上げる。

その潤んだ瞳とこぼれた吐息は、反則の威力だ。

「エルナさんも、相当ずるいです」

「わ、私は何も」

エルナの前髪をそっと払って額に唇を落とすと、グラナートは溢れる愛しさに耐えられず笑みをこぼす。

「――愛しています」

「ずるい……」

もはや同意の返事をもらったも同然なのだが、ここはやはりしっかりとエルナの言葉を聞きたい。

「エルナさんは、どうですか？」

物理的にも精神的にも逃げ場はないと観念したのか、エルナは小さく息を吐くと水宝玉の瞳をこちらに向ける。

この眼差し一つでグラナートが陥落するのだと気付いていないのだから、恐ろしい。

「……好きです」

ああ――これは効いた。

聖なる魔力を込めなくても、愛しい相手の声と言葉は心の奥まで突き刺さる。堪えようのない愛しさを込めて頬を撫でると、エルナはくすぐったそうに首をすくめた。

……配慮は、次回に持ち越そう。

あっさりと諦めたグラナートは、そのまま愛しい未来の妃に唇を重ねる。

金色の月が水面を照らす中、二人の影はいつまでも離れることなく寄り添っていた。

✦特別編✦ユリアの虹色パラダイス

ユリア・エーデルは男爵令嬢だ。この時点で大した価値はないが、とにかく容姿に恵まれ過ぎた。闇を閉じ込めたと形容される黒曜石の瞳、この世の奇跡を詰め込んだと崇められる虹色の髪。街を歩けば十人中二十人が振り返る麗しい顔は今、すっかり曇っていた。

入学式早々髪の色に文句をつけられ、学園生活が始まれば男子生徒が群がり女子生徒に睨まれるのだから、うっとうしい限りである。

大体、ユリアを口説くつもりならもっと気の利いた言葉を言ってほしい。こちらは幼少のみぎりから、老若男女に口説かれ、褒め称えられ、それを振り切ってきたのだ。今さら『可愛い』程度の言葉では、睫毛一本すらも動かない。女生徒に呼び出された時にはついに一戦交えるのかとワクワクしたが、空き教室に閉じ込めるだけというお粗末さ。扉を蹴破ったユリアが微笑むと、悲鳴を上げながら逃げてしまったのだから、本当につまらない。

そんな中、とある教室から聞こえた声にユリアの足が止まった。

「……体力も魔力もないなんて、学園にいる意味ないだろう。さっさと田舎に帰れよ、無能」

これは見事な悪意の塊。興味が湧いて教室を覗くと、黒髪の少年とそれを取り囲むように五人の男子生徒の姿が見えた。

「学園の質を下げるだろう。目障りなんだよ」

「なるほど。学園の質を下げる者に対しては、一対多数で私刑まがいの忠告も許されるのですね。さすがは王都の高貴な方々。ですが、学園を去るべきなのはあなた方も一緒ですね」

揶揄されているとわかったらしい男子生徒達が、一斉に気色ばむ。

「何だと？」

「パン屋の看板娘に手を出して金で揉み消した件は、学生としても紳士としても許されないと思います。それから、父君の名で勝手に借金を作るのは感心しませんね。そちらの方は兄嫁の靴の匂いが好きということですが、何度も靴を隠せばさすがにばれますよ。それから……」

スラスラと湧き出てくる言葉に男子生徒達は目を丸くし、次いで赤くなり、最終的に青くなった。

今まで各種の欲望をぶつけられてきたユリアだが、「踏んでほしい」と懇願されても「靴の匂いを嗅がせてほしい」と言われたことはない。世の中は広いものだと思わず感心してしまう。

「――何で、おまえがそれを知っているんだ！」

「何故でしょうね？　せっかくなので私が知ることを書き出してお届けしましょう。ご自宅に」

にこりと微笑む少年に、男子生徒の肩が震えた。まあ、色々な意味で震えるのはわかる。

「……これは、ちょっと痛い目に遭って、忘れてもらった方がいいな」

鋭い眼差しを向けられた少年はしかし、まったく怯む様子がない。

「暴力を振るう宣言と見做します。では、正当防衛ですね」

少年が黒い丸薬のような物を床に数粒落とすと、すぐに弾けて真っ白な煙が一気にたちこめた。

「何だ？　――痛い！　目が痛い！」

教室の中から悲痛な叫び声が聞こえてくる。気になって経過を見守っていると、教室から本を抱えた黒髪の少年が出て来た。少年はユリアを見つけると目を瞠り、慌てて駆け寄ってくる。

「少し、離れた方がいいですよ」

そう言って手を引かれたのだが……遅い。走っているはずなのに、妙に遅い。これなら匍匐前進するユリアの方が速い気がする。しかも何度か転びかけるのをユリアが支えているのだが、何か色々逆ではないだろうか。困惑しつつも中庭に抜けると、少年はユリアの手を放した。

「ここまでくれば大丈夫だと思います。念のため、手洗いするまでは目を擦らないでくださいね」

はあはあと息切れしながらそう伝える少年の顔を、初めてまともに見た気がする。瞳は綺麗な瑠璃色だが、それ以外は特徴のない平凡な顔だ。平凡すぎて、すれ違ってもわからない自信さえある。

「それでは、さようなら」

ぼんやりと瑠璃色の瞳を見ていたユリアに一礼すると、少年は走って去って行く。錯覚かと思うほど遅いが、たぶん走っている。そして、やはり転ぶ。これだけ情けないのに、教室で囲まれていた時には決して怯まない……というか、ろくでもない情報で圧倒していた。

少年の姿が校舎の陰に隠れるまで見ていたユリアは、そっと胸を押さえた。

「……いい」

思わずこぼれた言葉に、自分でも驚く。何だかわからないけれど、いい。かなり、いい。

他人に対してこんな気持ちを抱いたのは、生まれて初めてだ。

「い、いやいや。落ち着くのよ、私。彼のどこがいいって言うの」

体力はなさそうだし、転ぶし、足も遅いし、田舎貴族で顔も平凡。ユリアに全然釣り合わない。

「……そこが、またいいわ」

体力も足の遅さもユリアがカバーすればいいし、転ぶのは助ければいいし、田舎だろうが貴族同士なら障害も少ないし、平凡な顔は癒される。何より、胸のときめきが苦しくて嬉しい。

「やだ。問題なしじゃない」

これがいわゆる、恋に落ちるというやつなのか。

ユリアは熱を持つ頬を押さえると、しずしずと学園を後にした。


「おはよう。好きよ」

翌日、教室に黒髪の少年の姿を見つけたユリアは、すぐさま彼のそばに駆け寄って挨拶と告白をする。その瞬間、黒髪の少年はおろか、教室中の時が止まった。

「あなたに会いに来たのよ。あと、告白したくて。聞こえなかったかしら？　あなたが好きよ」

背後で何人かが倒れる音と悲鳴が聞こえるが、気にしない。目の前の平凡少年は今日も何一つ特徴のない凡庸な顔だが、誰よりも輝いて見える。ああ、これが恋。なんて素敵な気持ちだろう。

「聞こえましたが、聞いてはいけない気がするといいますか……」

「そうだ。あなた、名前は何ていうの？」

「それすら知らずに、告白ですか！」

少年は驚愕の眼差しを向けるが、知らないのだから仕方がない。一応、そこらの生徒に聞いてはみた。だが『黒髪で平凡な顔の貧弱な男』と言っても伝わらなかったのだから、困ってしまう。

「私は、ユリア・エーデルよ。あなたの名前を教えて？」

数多の人に天使のごとくと称えられた笑みを向けると、少年は気まずそうに顔を背けた。

「……マルセル。マルセル・ノイマン、です」

「マルセル様。素敵な名前ね」

その響きに胸が高鳴る。うっとりとしながら名前を口にすると、マルセルの手を握った。

「マルセル様に好きになってもらえるように頑張るから。よろしくね」

……宣言通り、ユリアはその日からマルセルにアプローチを続けた。もはや、つきまとったと言っていいと思う。さすがに嫌がっているようなら考え直したが、少なくともユリアを嫌ってはいない様子。だが、まだ好意があるとも思えない。目につく人に片っ端から惚れられたと言っても過言ではないユリアには、それもまた新鮮でたまらない。

そうしてひと月も経つと、マルセルがユリアの名前を呼んでくれるようになった。

これは相当な進歩であり、もはや恋人待ったなしである。ベッドの中でにやにやするという、年頃の乙女らしいことを楽しんでいたある日……それは起こった。


「──マルセル様が、攫われた？」


ユリアが黒曜石の瞳を見開く。学園に入学して二ヶ月もすると周囲も何かを諦めたらしく、平穏な日々が続いていたというのに。まさかマルセルに危害を加える愚か者が残っていたとは。

何でも裏庭にいたマルセルと王子を見知らぬ男達が攫ったらしい。ユリアも節度を守って一日三度の口説き落としで我慢しているのだから、新参者もそのあたりをわきまえてもらわなければ困る。

「取り返しに行かないと。──マルセル様を攫ってもいいのは、私だけよ」

攫われたという現場の裏庭には警備の男達が数名いて、近衛騎士に連絡とか何とか慌てている。どうやら状況からして王子誘拐にマルセルが巻き込まれたらしいが、どちらにしても許し難い。

ユリアは警備に話を聞いて剣を拝借すると、裏庭から駆け出した。


ユリアは血の付いた剣を肩に担ぐと、目の前の扉を開けるために白い脚を振り上げる。床に崩れ落ちた扉の向こうには、探し求めた人物の姿があった。

「──マルセル様！　怪我はない？」

マルセルはおろか、共に椅子に括りつけられている金髪の少年も、周囲のいかつい男達も、皆が唖然としてこちらを見ている。たぶんあの金髪少年が王子なのだろう。何となく見覚えがある気がしないでもないが、今は何よりもマルセルが優先だ。

「な、何だ？　王子を助けに来たのか？　こんなに可愛い女の子が一人で？」

揶揄するような響きに、ユリアは鋭い視線を返す。

「馬鹿にしないで。私はマルセル様を取り戻しに来ただけよ」

「……王子は」

「好きにすればいいわ」

断言すると、男達の顔が引きつる。ついでに金髪王子の顔も引きつっているが、どうでもいい。

「……な、なるほど。動揺を誘う魂胆か。だが、どちらにしても返すわけにはいかないな」

そう言うと、男の一人が薄笑いを浮かべながら小瓶を取り出した。

「ちょっと動けなくなってもらおうか。こっちも、お嬢さんもな」

男は小瓶の蓋を外すと、マルセルの口に近付ける。中の液体の色と男の話からして、恐らく薬物……いや毒物か。良くないものをマルセルに使うなんて、絶対に許せない。

——そんなもの、いらない。

怒りと共に心の中で叫んだ瞬間、ユリアの体から何かが迸ると、小瓶から滴る液体がすべて煙に変わる。熱した石に水を垂らしたような音と共に消え去った液体に理解が追い付かず、その場の全員が凍り付いた。ユリアにもよくわからないが、男の動きが止まった今がチャンスだ。

「……マルセル様には見られたくなかったな」

ほんの少しのためらいを呟きに乗せて吹き飛ばすと、剣を構える。ユリアが剣を振るえば、五人ほどいた男達は呆気なく床に倒れた。

いつの間にか気絶していた王子を横目に、マルセルを縛っていた縄を解く。

本当は、剣を振るう姿を見せたくはなかった。幼少期から止むことのない懸想対策と自衛のため、剣を取ったこと自体は後悔していない。生来の優秀さが遺憾なく発揮された結果、そこらの騎士では太刀打ちできない腕前になっていたが、それも気にしたことはなかった。

だが、ごく平凡であるマルセルからすれば、一振りで男を薙ぎ払うような人間は女の範疇から外れるだろう。好かれてはいないとしても、嫌われてはいなかった。でも、それもここまで。

この恋に終わりが訪れるのかもしれない。……そう思うと、縄を解く手が少し震えた。

それでも、これがユリアなのだから、隠すことはできない。

拘束を解かれたマルセルは、じっとユリアを見ると、ハンカチを差し出した。

「血がついています。拭いてください」

「でも、汚れちゃうから」

いいわ、と断る前に、マルセルはユリアの頬の血を優しく拭きとる。

「血がついていてもユリアさんは綺麗ですけどね。さすがにどうかと思いますから」

――綺麗。

何度も何度も、沢山の人に飽きるほど言われた言葉。でも、こんなに胸が苦しくなるくらい嬉しかったことはない。ユリアは溢れそうになる涙をこらえると、マルセルの手をぎゅっと握りしめた。

「私、剣を持つとこんなで、持たなくてもアレだけれど。でも、必ずマルセル様を守るから。――私と結婚してください」

どうせ散るのなら、この気持ちを伝えたい。生まれて初めて好きになった人とこれでお別れなんて寂しすぎる。だが必死の訴えにもマルセルは表情を動かすことなく、じっとユリアを見つめる。

「俺、魔力も体力もないですよ。背も高くないし、男前でもない」

「知っているわ。よく転ぶし、ごく普通で平凡よね」

「子爵令息といっても、領地は山がちな田舎で魔物も多いし、財産もあまりない」

「……それが何？」

マルセルが何を言いたいのかわからず首を傾げると、ため息を返される。

「ユリアさんは黙って大人しくしていれば、よりどりみどりでしょう？　何で俺なんですか？」

「そんなもの、私が惚れたんだから、それ以外に理由はないわ。……私のこと、嫌い？」

「嫌いではないですね。面白いですし」

否定の言葉が出なかった。それだけで、ユリアの視界がぱっと開けた気がした。

「それなら問題ないわ。全部私が持っている。財産も地位もいらないし、魔物なら私が倒すわ」

それまでじっとユリアを見ていたマルセルが、こらえきれないとばかりに笑い出す。

「……普通、プロポーズって男からするものではありませんか？」

「したい方がすれば問題ないわ。四の五の言わず、黙って私と結婚して」

嫌われていない上に、話を聞いてくれている。万に一つでもユリアを選んでくれる可能性があるのならば、全力で押すのみだ。すると笑いを止めたマルセルが、にやりと微笑む。

「――いいですよ。ユリアさんとなら、退屈しなさそうです」

その瞬間、ユリアの頭の中で盛大に鐘が鳴り響いた。花火が打ち上がり、ファンファーレまで聞こえる。嬉しすぎてどうしていいかわからず、顔を真っ赤にするとマルセルに抱き着いた。

「マルセル様。私が必ず、幸せにしてあげるからね」

「それも男が言うものですよね」

頭上から聞こえる声はいつもより甘く脳に響いて蕩けさせる。何もかも平凡なくせに、そのすべてが心をとらえて離さない。そしてユリアもまた、離すつもりはなかった。

「できる方が言えばいいのよ」

「そうですか。……ではユリアさん。俺を幸せにしてください」

「――はい！」

ユリアが顔を上げると、瑠璃色の瞳が優しく微笑んでいる。ただそれだけで幸せで、ユリアは口元を綻ばせるともう一度マルセルにぎゅっと抱き着いた。

あとがき

こんにちは。西根羽南です。皆様のお手元に『未プレイの乙女ゲームに転生した平凡令嬢は聖なる刺繍の糸を刺す』第二巻をお届けできることを、大変嬉しく思います。

第二巻は第一巻以上に改稿というか大改造しております。既知の読者様も、初めての読者様にも楽しんでいただけたら幸いです。


未プレイの乙女ゲーム「虹色パラダイス」に転生した子爵令嬢エルナ。

ゲームのキャラと関わらないようにと奮闘しますが、既にゲームは終了後だと知ります。そこで安堵する間もなく、メイン攻略対象だと思っていた美貌の王子に告白され、新たな悩みの種に。

そんな中、変装した友好国の王子にプロポーズされ。

美貌の王子を慕う軍事大国の王女に嫌がらせされ。

果ては襲撃事件に遭遇した上に、戦争の危機⁉

国を揺るがす事件に巻き込まれながらも、エルナは自身の持つ聖なる魔力と王子への気持ちに向

き合います。そうしてたどり着いた結論。国の命運と、エルナの本当の気持ちは——⁉

……ということで、今回は学園以外でもエルナ達の活躍が楽しめます。


そして第一巻の帯でも告知されていましたが、この度「未プレイ令嬢」がコミカライズされることになりました。作画・天領寺セナ先生、構成・Ａｉ先生、差異等たかひ子先生による、書籍とはまた違う魅力のエルナやグラナート。彼女達がいきいきと動く漫画が今から楽しみです。


第二巻もイラストを描いてくださったのは、小田すずか先生。

表情、瞳、髪の流れから衣装に背景まで、どれをとっても美麗で可愛らしく、感謝しかありません。


それからここまでお話を読み、応援してくださった読者の皆様。

そして編集、校正やデザインなど、書籍出版に関わるすべての関係者様。

執筆にあたって協力してくれた家族と猫。

『未プレイの乙女ゲームに転生した平凡令嬢は聖なる刺繡の糸を刺す』第二巻をお届けできるのは、皆様のおかげです。心から感謝いたします。

——それでは、また皆様にお会いできることを願って。

西根羽南

見開きイラスト公開！

未プレイの乙女ゲームに
転生した平凡令嬢は聖なる
刺繍の糸を刺す
【原作】西根羽南
【漫画】天領寺セナ
【構成】Ai・差異等たかひ子
【キャラクター原案】小田すずか
コミカライズ準備中！
連載開始をお楽しみに！

Dノベルf

未プレイの乙女ゲームに転生した平凡令嬢は聖なる刺繍の糸を刺す 2

西根 羽南

2024年6月10日　第1刷発行

★定価はカバーに表示してあります

発行者　瓶子吉久
発行所　株式会社　集英社
〒101－8050　東京都千代田区一ツ橋2－5－10
03(3230)6229(編集)
03(3230)6393(販売／書店専用)　03(3230)6080(読者係)
印刷所　TOPPAN株式会社(編集部組版)
編集協力　株式会社MARCOT／株式会社シュガーフォックス

ISBN978-4-08-632027-6　C0093

作品のご感想、ファンレターをお待ちしております。

あて先

〒101－8050　東京都千代田区一ツ橋2－5－10
集英社ダッシュエックスノベルf編集部　気付
西根 羽南先生／小田 すずか先生